心のばんそうこう

小村 敬子

文芸社

目次

心は見えないって思ってない？
でもね、見えるんだよ。
笑ってたって、泣いている人はいる。
私は、ありのままのあなたが好き。
それは、まわりの迷惑を考えていないわがままな
振るまいとは違う。
自分の心を見つめたとき、ネガティブであればあるほど
それを隠そうとしてしまう。
でも、あなたはほんとはステキな人。
傷ついて、情けなくて、かっこ悪くって、
そんな自分を見つめたくないから、ごまかしちゃう。
真っ白な心でいたいけれど、体に傷を負うように、

心にも傷を負ったりしているんだよね。
血がいっぱい流れているかもしれない。
私は、そんなあなたに心のばんそうこうを
そっと貼ってあげたい。
傷口がいつの日か癒えて、
「アレ？　いつのまにか、カサブタになってとれちゃった！」
そんなふうになっているといいのにね。
どこかにひとつでも、あなたに届くメッセージがあれば
私はほんとにうれしい。
ばんそうこうが、いつの日かあなたの心から
はがされる日を楽しみにしています…

パニック

もう十年来のつき合いになるナオミ。彼女はとってもトラブルに強い。いつも感心してしまう。私の家でそれはそれは二人とも機嫌よく、コーヒーを飲んでおしゃべりに花を咲かせていた。すると、

「ガシャ～ン！」

と派手な音が上から聞こえてきた。私たちは顔を見合わせた。今いる場所は、二階だが、もうそれは何の疑いもなく、三階で何かたいへんなことが起きたぞという音だった。バタバタと階段を駆け上がると、はい、予想通り！　悪い予感は必ず的中してくれるから、泣ける。壁にたてかけてあった、大事な絵がものの見事に床に叩きつけられていた。絵は無事であるが、もう額は悲しいくらいに、コナゴナ。「やっぱりあのとき、もっとしっかりと固定しておくんだったわ。でもどうしよう？　もったいないわ。また買ったら高いもんなぁ」と後悔の嵐が押し寄せてくる。このあたり、とっても貧乏くさい。

「きゃぁ～、どうしよう？」

私の言葉をかき消すように、ナオミは言った。

「けーちゃん、新聞紙、ガムテープ、あと軍手持ってきて！　早く！」

「は、はいっ！」

もう、こうなったら彼女の言うことを聞いて、動くしかなかった。さっそく、言われたものを用意して、差し出す。

彼女の手際のよさといったら、もう感動をとおりこして惚れちゃいそうなくらいだった。さっと軍手をはめて、新聞紙を広げる。そしてとっ散らかったガラスの破片を丁寧にかつ、迅速に新聞紙におさめていく。そして最後は、グルリと丸めて、ガムテープでがっちり止めるのだ。そして差し出すとナオミはこう言った。

「はい、これちゃんと燃えないゴミのときに出してね！」

おお〜、なんとすばらしい！　この気配り、この細やかさ。これはエクセレントをこえて、エレガントである。ナオミに惚れてしまった。

人は、パニックになると時としておかしな行動をとってしまう。私なんかはとっても気が小さいので、オタオタしてしまう。でもこの彼女のたくましい行動はいったいどこからくるのだろう？　トラブルに慣れているからなのか。それともただ単に、たくましいのか。

いずれにせよ、彼女のきゃしゃな体つきからは、とても想像できない。少なくとも、パニックになっても、堂々とした態度でいることはまわりの人間を安心させてくれるものだ。

お焦げ

ああ、またやってしまった。正確にいうと、私のせいではないんだけど。ナオミが遊びにくると、必ず何か起こる。二人で機嫌よく、晩御飯の用意をしていたのだ。もう、冬の定番メニューといったら「鍋」しかない！　しかし、まったくもってトラブルはいつも突然やってくるのだ。

「ボンッ！」

「きゃ〜、電気切れたの？」

という私に、彼女は案外冷静だった。

「電気、ついてるよ。切れてないわよ」

もう、アレレ？　どうなってるの？である。たしかに、電気は消えていなかった。だからもちろんブレーカーをあげる必要もないのだが、台所のコンセント付近がなぜかこげ臭い！

「ゲッ、煙がでてる！　どうしよ〜！」

もうこのコンビは、いつも何かが起こるのだ。さっそく窓を開けた。そして恐る恐るコンセントを見ると、もうぶったまげた！　二つあるソケットの一つが、真っ黒けなのである。もう、生きていけないと思った。

しかし、ナオミは違った。こともあろうに、電話やレンジやらのコンセントを片っ端から、黒焦げのソケットにつないでいくのだ。

「けーちゃん、大丈夫よ。ソケットは生きてるわよ！」

レンジなどを載せているワゴンからコンセントが出ているのだが、そのワゴンのコンセントはダメらしい。しかし、壁についてあるソケット部分は、焼けているけれど使えるというのだ。

「ほらね？」

とナオミは元気いっぱいだ。たしかに、電話は「ツー」と機嫌よくスタンバイOKの音を鳴らしていた。しかし、もう私にはどうでもよかった。黒焦げでもなんでもコイ！だった。そんなことよりも、お客さんを招く予定だったので、ゴハンの心配をしていた。

じつは以前に、電気をショートさせたことがある。そのときにブレーカーを機嫌よくあげて、さてゴハン！と思ったら、なんとタイマーが狂っていて、それを知らないまま炊きつづけていたから、たいへん！　ぐちゅぐちゅのオジヤのような、へんちくりんのゴハンになっていたのだ。そしてそのときもお客さんが来る日だったのだから、もうめまいがしていたのだ。とっても食べていただけるようなシロモノではなく、やさしいお客さんに、

「いいよ、ゴハンはいらないよ」

と言われて救われたのだ。そんな思い出すも悲しい「トラウマ」が私にはあったのである。

「ナオミ、ごはんは、もうきっと、ダメ！　もったいないけど炊きなおししなくちゃ！」

「けーちゃん、ナベある？　ナベで炊いたら、なんとかなるわよ」

ああ、ここへきてもこの彼女のたくましさ。電気炊飯器からゴハンを取り出し、彼女がナベに移してくれた。

「もう少し炊けばなんとかなるわ。飯盒炊飯みたいでおいしいんじゃない？」

もう、ひれ伏す私であった。

結果やいかに…それがほどよい「お焦げ」があって、なかなかいける！

「最悪だめだったら、それこそ鍋の後におじやにしようよ」

そうだった、鍋の後は「おじや」と相場は決まっている。なんていいアイデア！　ナオミに「お焦げ」を食べるように言われて、ふと思ったのである。なんて、なつかしい味な

んだろう…、電気炊飯器でしかゴハンを炊いたことがない私には、これは小さなカルチャーショックであった。まさか、

「はじめチョロチョロ、なかパッパ、赤子泣いてもフタとるな」

を実践するとは思わなかった。今はとっても便利な世の中である。スイッチをポンと押せば、勝手にゴハンを炊いてくれるし、洗濯機も機嫌よく汚れ物をきれいにしてくれる。

こんなことでもなければ、当たり前すぎる現実に、きっと気がつかなかっただろう。

それにしても、あの「お焦げ」のおいしさときたら…。

電気炊飯器では、どうがんばったってあの「お焦げ」は作り出せないのである。せいぜいがんばったところで、パサパサになるのが関の山だ。

裸の電柱

寒い日だった。自然と自転車をこぐ速度も増してくる。しかし、赤信号につかまってしまったのだからツイテナイ。寒いから一刻も早く帰りたいのに！と歯軋りしてしまう。ふと、後ろになにやら気配を感じて振り返ると、八十歳くらいのおじいさんが何やら電柱とにらめっこをしている。がはやいか、ベリッと電柱にはってある紙をはがしにかかっているのだ。よく見ると、

「敷金ゼロ！　家賃〇万！」

という、いわゆる不動産のチラシであった。

「この寒空にたいへんねぇ。お引越しの物件探しかしら？」と思ったものだ。だが、防寒対策バッチリのそのおじいさんは、電柱についたチラシを片っ端からひっぱがしにかかっているのだ。あれ？　お部屋探しじゃないの？　じゃあ、このおじいさん一体なにやってるのよ？

興味津々で、寒さも忘れしばし観察することにした。すると、大通り沿いの信号が変わっ

ておじいさんは、自転車のカゴにチラシを積んだまま走り出した。見ると、信号を渡ったさきにコンビニがあるのだが、自転車を止めると、チラシを親の敵とばかりにゴミ箱へ投げ捨てたのだ！　そこでようやくこのおじいさんのしたいことがわかった。

つまり、こうだ。電柱についている不動産なにがし、かわいい女の子なにがしのポスターが気に入らないのだろう。たしかに、私はここ最近大きな通りや繁華街で、裸の電柱を見た記憶がない。いつも当たり前のように、ペタペタいろんなチラシがよくも悪くも装飾されている。電話ボックスなど、ひどいときはもう目のやり場にこまるくらいの、ピンクチラシである。このおじいさんは、きっと裸の電柱を愛しているのだ。昔は、こんな派手な電柱はなかっただろう。もちろん街の景観も相当悪くなる。裸の電柱があることの方が珍しいくらい、大きな通りや繁華街では「チラシペタペタ電柱」が君臨している。

この寒空にひとつずつ電柱に立ち止まり、チラシをはがしていくおじいさんの背中がなんだかとってもせつなかった。たったひとりでこんな途方もない作業をしているのだ。ぼんやりそんなことを考えていたら、一回やり過ごした信号が変わった。ため息交じりに、白い息をはきながら、自転車のペダルを回転させていた。

移動遊園地

大学生の時、一度留学をしたことがある。場所はカナダのドーソンクリークというところ。はっきりいって、とんでもなく田舎である。首都のバンクーバーからなんと千キロ弱も北上したところにある。期間は留学というにはとても恥ずかしいほどで、たったの一カ月である。しかし、私にとっては、もう忘れられないほどの体験をしたのであった。ホームステイをしていたのだが、ホストファミリーには感謝感激の嵐がおこるくらい、よくしてもらった。ろくな英語もしゃべれないのに、かわいがってもらった。

いろんな体験をしたい私は、どこへでもついていった。しかし、あそこには行ってはいけなかった。「移動遊園地」である。それは広場の特設会場に設置されていた。移動遊園地に行ったまではよかったんだけど…はっきりいって外国のソレは、日本のソレとはかなり異なっていた。もう人間の限界を知らずに乗り物を作っているとしか思えないのである。遊園地といえば、当然、ジェットコースターである。もちろん、ワクワクドキドキものが好きな私は立ち止まる。ホストファミリーのレイモンド（当時七歳）は言った。

「ケイコ、乗りたいの?」

「どうしよっかなぁ? 面白そうだよね?」

当然、乗りたかった。すると、レイモンドはしばらく考えて言った。

「去年、このジェットコースターがいちばん上で止まったんだ。大変だったんだよ。死んじゃった人もいたんだ。でも、ケイコが乗りたいなら、僕も付き合うよ」

はっきりいって、ぶっ飛んだ。こんなときはしっかり英語が聞き取れるのだから、私ってやっぱりなかなか死なないようにできているのかもしれない。見れば、円形のレールをただ回転するだけだが、カナダにまでやってきて、ジェットコースターで死んでしまったら、もうお話にならない。親にも申し訳がたたないというものだ。丁重に私は言った。

「わたし、あんまりジェットコースター好きじゃないの!!」

当然、その場を後にした。そして、次に見えたのは、子供が乗る「ミニジェットコースター」である。「これなら、いけるわ!」しかも、子供につきあってあげるやさしいお姉さんを演出できるわ! 私って、とっても打算的? レイモンドの友達を引き連れて乗りこんだ。ぜんぜん、平気だった。平気なはずだった。しかし、やはり外国のソレは違ったのだ。

もうとっくに、終わる時間なのに、まだまだ回転している。もしかして、これ故障してるんじゃないの？と思うくらい、止まらないのだ。もうどうにも我慢がならなくて、叫んだ。

「ちょっと、いつ止まるのよ〜、コレ〜！」

しかし、子供たちはいたって冷静である。

「そんなことより、ケイコ、オープン・ユア・アイズ！」

ときたもんだ。もう、飛び降りれるものなら飛び降りたかった。それに私はコンタクトレンズなのだ。繊細な私の目は、ちょっとしたホコリでも目が痛くなる。それなのに、この子供たちは、私に目を開けろというのだ。冗談はやめていただきたい。

ようやく人間の限界を知らないその「ミニジェットコースター」も終わった。子供たちは面白かっただの、ケイコは目を開けないからダメだの、さんざんのたまっていたのだ。もう、お姉さんのプライドなんぞ、とうにズタズタである。きっと、かげで意気地なしとでも言われていたのだろう。もう、この時点でやめておけばよかったのだ。しかし、私はこんなところにきてまでも、期待にこたえてあげようと思う悲しい性なのだ。それがもう失敗への悲しい序章であった。

次は、さすがに軽い乗り物にしなければもう、こちらの身がもたないことはわかっていた。私の目に飛び込んできたのは、それはもう神の思し召しにしか思えない乗り物。そう、「観覧車」である。「これしかない！」。観覧車ではだまって景色を眺めて、ロマンティックにひたっておけば万事ＯＫである。子供たち相手にロマンティックというわけにはいかないが、このさい、私の恋愛話でもしてやろうくらいに思っていた。

「ね、あの観覧車に乗ろうよ！」

「うん、いいよ」

こうこなくっちゃ！　これでしばらく休息がとれると思った。そしてその目の前に来て、さらに確信を持った。日本のソレとはかなり大きさも違う。ペアで乗るシートが十五個ほどしかなく、とても小さいのだ。それにロマンティックからはほど遠く、個室にはなっておらずもう体がムキだしになっているのである。ちょうど、ペアで座れるベンチがそのまま、観覧車になったような形である。もう、これほど移動遊園地に来て、心落ち着いたことはない。そして、乗りこんだ。レイモンドは少々不服そうであったが、そんなことはこのさい、無視である。そして何周くらいしたであろうか、しばらくすると、てっぺんで止まった。なんだか、イヤ～な予感。こんなときには、恐ろしいほど予感は的中しちゃうのよね。なんと、そのミニチュア観覧車は反対回りし始めたのだ。しかも、ぐんぐん速度を上げて…これには、もう言葉は出なかった。だいたい、個室ではなく身がムキだしなのだ。それにこの反対回りで、もう私の三半規管はメチャクチャに混乱し、口から脳が出そうな気分だった。そして、スピードを上げ、時間は長いというよりはもう、私を殺すために回り続けているとしか言いようがなかった。その後の私は、もうお姉さんのプライドなんか、どこかにすっ飛んでいた。

「あなたたちだけで遊びなさい。私はここで休んでいるから」

といって、もうあえなくリタイアである。テントの休憩所で私がどうなったかは、語るも涙の物語であった。これほど、日本が恋しくなったことはない。「ああ、私は『カナダに死す』んだわ」などと考えていたものだ。

私は、この一件から、遊園地に恐れをなしてしまった。帰宅してから、レイモンドのママに聞かれた。

「ケイコ、楽しかった？」

「ええ、もちろん。面白かったわ！」

ああ、どこまでも期待にこたえたい私であった。ほんとに、バカ！

ありつけなかった日本食

カナダで忘れられない思い出がもう一つある。短いホームステイだったが、同じ大学の友人たち数十人と引率の教授と楽しく過ごした。たいてい、こういう場合は帰国が迫ると、「文化交流会」なるものが行われるものだ。例にもれず、私たちも文化交流をしたのだ。円になって盆踊りをしたりするのだ。かわいい浴衣がカナダの若い女性にはたまらないらしい。彼らは、見よう見真似で盆踊りをする。私たちは、しっかりと日本から練習していったのだから、やっぱり日本人はとっても真面目よね。

さらにグループ分けをして、もっと深く日本文化を知ってもらおうということになっていた。「書道」「折り紙」「日本食」などのグループ分けがなされた。当然、日本食や書道のチームは人数が多くなる。なにしろ準備が大変なのだ。日本から持っていかなければならない食材や道具が山ほどある。私と友人はとっても賢かったので、そのような準備に手間取るのはちょっとね～と密かに相づちである。

「あの、私たち『折り紙チーム』にします！」

と張りきって立候補したものだ。もうひとり加わり、結果三人の「折り紙チーム」が結成された。持って行くものは、折り紙のみ！　軽いし、かさばらない。どれだけ持って行くかは、一回打ち合わせをすれば楽勝だった。こんなに楽なことはない。レパートリーは後から加わった友達がとてもよく知っていたので、すっかりおまかせモードである。

「ツルと風船、奴さんが作れれば問題ないわ」そう信じて疑わなかった。

さて、文化交流はじつは私自身、とっても楽しみにしていたのだ。なぜって、それはもうなんてったって「日本食」が食べられるのだ！　一カ月もさすがに肉やポテトばかりだと体が日本食を食べさせてくれ～と叫んでいるのだ。

浴衣を着たまま、さっそく「折り紙コーナー」は片隅のコーナーでオープンした。ホストファミリーであるレイモンドがうれしそうにやってきた。私たちは、完成された見本を置き、番号をふっておいた。つまり、どれが作りたいのか？　といちいち聞かなくてもいいようにである。ほんとに頭のまわる「折り紙チーム」であった。お世話になっているレイモンドにはとってもやさしく丁寧に教えてあげた。もちろん折り目はきっちりと折らなければ、完成した折り紙はブサイクな形になる。しかし、このさい子供である。大目に見てやる。そして大げさに上手だとほめてやる。すると、彼は従姉妹を連れてきた。これも

またとても面識があり、かわいい子たちなので、張りきって教えてやる。子供は遠慮がないので、

「次はコレ！　次はコレがいい！」

と要求はどんどん高まってくる。

なぜか疲れるなぁと思ってふと見上げると、まあ、なんということ！「折り紙チーム」の前はとんでもない行列ができていたのだ！　どういうこと？　書道のほうに行きなさいよ！　日本食はどうなってんの？　ちゃんとやってんの？　内心もうどこかに逃げたいくらいヘトヘトだった。しかしレイモンドを見れば、この行列を友達と共にしきっている私が、どうも自慢のようらしい。自分のファミリーだといわんばかりに、人を誘導していたりする始末。さらにとても小さい街だったので、なにやらカメラマンまで来て、「折り紙チーム」の前でフラッシュをたいている。

どれくらい時間がたったのだろう。もはや日本食にありつけないことはわかっていた。とても三人では、この行列はさばききれないのである。お手洗いにだって行けないのだ！

「なんだって、こんなに折り紙が人気あるのよ！　わからない」

とにかく、日本でよこしまな気持ちで「折り紙チーム」を選んだからバチが当たったたん

だわと信じて疑わない。なんたる浅い読みであったことか。それにしても、私たちは日本食はおろか、晩御飯にさえありつけない始末であった。ああ、なんたること。私はきっちり一日三食たべる主義なのよ！と叫んだとてまったくもって、みんなの欲望には勝てなかった。おまけに折り紙でお魚を作って、目なんかも張りつけて、「ミニお魚釣り」みたいなこともサービス精神旺盛な私たちはしていたのだ。ご丁寧に糸なんかもつけちゃって。これじゃ、子供たちに帰れというほうが酷だ。

もう、潔くあきらめた。日本食はあと数日我慢すれば、日本でいやというほど食べられる。もう、腹をすえたらこっちのものだ。何人でも来やがれ！である。さすがに、引率の教授は心配そうに覗き込んでくれたが、楽しそうにやっているとみるや、さっさとどこかに立ち去ってしまった。

さもあろう。カメラマンがいるのだ。行列なのだ。大人気なのだ。

何時間、ぶっ続けだっただろう？　文化交流会は終了してしまった。ホストファミリーがさすがに、

「ケイコ、ゴハン食べたの？」

と泣けることを聞いてくれる。

ありつけなかった日本食

「食べる暇なんて、なかったわ」

やはりホストファミリーはやさしかった。晩御飯を食べにいこうと言ってくれたのだ。うれしかった。しかし、着いてみた先は、なんと「マクドナルド」である。ああ、とことん日本食から離れていくのね。でも、食べられないよりはマシというもの。ハンバーガーにパクついた。浴衣を着て日本文化を紹介！　なんて大和撫子からはほど遠い。がっぷり丸かぶりである。くどいようだが、私は一日三食派なのだ。

翌朝、私はトキの人であった。なぜなら新聞の一面に私がのっていたのだ。折り紙のアートがたいへんな人気でうんぬん…と書かれてあった。私の名前もあり、

「ケイコはたくさんの子供と大人を教えるのに大変忙しかった」

とある。そっか、子供だけでなく大人まで教えていたのね。そこにはお腹をすかしていた悲愴な私の顔があった。

後先考えず自分だけ楽しようと思ったらろくなことはない。そんなときはたいてい当てがはずれるものだ。カナダまできて、しっかりと私は学習させてもらった。

賢妻

大阪といえば、やっぱり「お好み焼き」でしょ？　わが夫とお好み焼きを食べにいったときのこと。そこは、おばあさんがいわば趣味で始めたような店である。しかし、味はもちろんのこと、なんだか量も半端じゃなく多い。ブタ肉もそんなにたくさんいいのかしら？　儲けがないんじゃないの？　とお客が心配するくらいである。

私たちは店にいちばん乗りだった。いつものように屋号どおりの「まんぷく焼」を注文するのだった。ここはソバにちょっとした工夫がしてあって、他では食べたことのない味が楽しめる。

しばらくして、六十代くらいの夫婦がやってきた。そしてなにより感心したのが、このおじさんである。ことあるごとに言うのだ。

「おばちゃん、ここのお好み焼き、ほんまにおいしいなぁ～、なんで？」

「おばちゃんとこの、ビールおいしいなぁ～、なんで？」

おばちゃんは、そりゃもううれしそうにほほ笑んで言った。

「お好み焼きはともかく、ビールはどこにでもあるビールですよ」

たしかに、ラベルに「ミレニアム」という文字こそ見えたが、どこからどう見ても普通のビールだった。私たち夫婦はおかしさをかみ殺していたのだ。だって、そのおじさんの食べっぷりと、お世辞をこえたそのほめ方は半端ではなかったからだ。そして、このおじさんと一緒に食事をしたら、きっとおいしく食べられるだろうなぁとさえ思った。

じつは、大阪の知事選が差し迫っている日だったのだ。当然、大阪人としては、気になる話題のひとつでもあり、話の流れは当然そういった類になる。

「でも、わし、あの人にはなってほしないなぁ、あの～誰やったかなぁ、名前は…?」

とおじさんが言うが早いか、

「しっー！　それ以上言わんとき！」

とおじさんの妻である、ちょっと強面そうなおばさんが言ったのだ。私は一瞬、えっ?と思ったが、しかしなかなかこのおばさん、アッパレである。店内にはいろんな人がおり、もしや、おじさんのなってほしくない！という候補を応援している人が店内にいるやもしれない。大きな声で話すおじさんは、もしそうなれば、半殺しの目にあうのは火を見るより明らかだ。よく、

「政治と宗教の話はタブー」

だといっている意味がわかる。価値観の問題に、正解はないのである。そして、またそのおじさんの偉いところは、それ以上話をしなかったことだ。賢妻に従夫であった。

ラジオから流れてきた言葉じりをつかまえて、おじさんは再び口を開いた。

「おばんが作っても、『おじや』やって～！　がはは」

かなり勝ち誇っている。しかし、賢妻は違うのである。

「よ～聞きや。おじんが入れても、おばん茶やで！」

賢妻に一本！　勝負あり！

串かつ

ちょっと、私は串かつについてはウルサイ。そんな中、義兄に誘われ私たち夫婦はイソイソと出かけた。おいしい串かつを食べさせてくれるというのだ。義兄は自信満々で言う。

「俺の知る中で、日本中で三本の指に入るな、あそこの店は！」

というのである。私は内心、「ほんまかいな？」である。なんせいろいろ行った串かつ屋の中で、甲乙つけがたい最高の店が二つあるのだ。そのさなかに、この言葉である。義兄の言い分でいくと、その次に並ぶとも劣らないおいしさでなければならない。

場所は、「新世界」である。みなさん、ご存じの人もいるのではないだろうか？　アニメの『じゃりんこチエ』が舞台になっている場所でもある。（チエちゃんとこは、ホルモン焼きだったよね）串かつ屋は、二軒隣あわせていたが、奥のほうの店だった。なんと夕方六時半で、もう外に行列ができているのである。義兄によると、お昼も十二時をすぎると、まず並ばなければ入れないという。そして大事な忠告も義兄にされた。

「ソースの二度づけは禁止やで！　そんなことしたら退場になるで！」

ナヌ？　ソースはみんなで使うの？　うそー？　そんな串かつ屋には、育ちのいい私は行ったことがない。ソースはひとりずつ配られているのが常識。しかも、揚がった串を、つけるソースの前におくのがセオリーだ。

期待は虚しく、どこからどう見ても庶民的。看板にはでかでかと、

「ソースの二度づけ、お断り！」

とある。

わたしは少々心配になってきた。串かつ屋は、高級でなければならないという道理はないが、たいていこういう場合、ダサくて重い衣がついていると相場は決まっているのだ。ダサイ衣なんかついてた日には、「これ、ぜんぜんダメよ！」といって、立ちあがる覚悟でいた。店内には、もちろんお客さんがぎっちり満員である。しかしそれ以上に、店員の数もやけに多い。十人くらいいただろうか。店内はコの字型になっており、店内すべてカウンターである。お客さんは三十名は入る。それにこの店員の数は多いと思えた。しかし、並の串かつ屋ではないことが、じきに証明されたのである。

ネタは野菜から、肉、海鮮までそろっており、どて焼きまである。値段は「百円」「百五十円」「三百円」「四百円」とまあ、かなりのお手頃価格である。ひしめきあった店内でカ

ウンター前を動く店員同士はぶつからない。それはお互いの動線をきっちりとよんでいるからだ。テキパキしており、気持ちがいい。

「いかと、どて焼きと、アスパラ下さい!」

私は、内心「アスパラを食べればわかるのよ、私ってツウなんだから……」と意地悪根性むきだしだった。しかし、期待は裏切られた。衣は軽く、ネタもなんとも新鮮! そしてソースは一回しかつけられないが、そのコツもわかってくると、これが非常に快適!

手前の皿に、なにやらプラスチックのフタがどんどん置かれていく。ピンク、黄色、茶色、緑、青色…よく銭湯やコインロッカーで見るようなあのたぐいである。なんと、注文を聞いたら値段ごとにそのフタを皿にのせていく。百円の串ならピンクのフタを置くといった具合だ。コースなどという洒落たものはないのだから、値段がまちまちになる。これはナイスアイデアね! と、そのとき二つ隣に座っていたおばちゃんが、悲鳴をあげた。

「きゃ〜、これおいしいかぼちゃ〜! 栗かぼちゃかな? これホクホクして栗みたい〜」ときたものだ。その幸せそうな顔に、こっちまで幸せになった。しかし、大阪ではここからがすごいのだ。

「ほんまに、そんなにおいしいの? そのかぼちゃ?」

近くにいた若い男性がそのおばちゃんに尋ねた。店員にではなく、おばちゃんに聞くのである。

「ほんっとに、おいしいわよ！」

というが早いか、

「すいません、こっちにもそのかぼちゃの串二つちょうだい！」

これである。大阪は、おいしいものにはみんな目がない。かなり口がこえているのだ。そしてサービスにもウルサイ。

そのかぼちゃのおばさんは、しばらくしてお愛想をしてもらっていた。そのときの店員がまたすごかった。まず、さきほどの皿の上に乗せた色とりどりのフダを数える。そしてそのあと、食べた串の数を計算するのである。その時間わずかに数十秒である。ここで、またおばちゃんは言った。

「いや～、ほんまにあんた計算早いな。自動計算機やなぁ。電卓より早いわ」

まさに、その通りである。さらに、私は、串とフダで計算間違いがないように、二重にチェックしているのも、なんともスゴイ技だと感心していた。大阪では、お金の勘定がすぐにできないようでは、商売はできない。きっと、バイトの学生もいたのだろうと思うが、みんな職人のような風格があった。計算間違いなどした日には、きっと後でじっと目をこらして見ている店主に張り倒されてしまうのだろう。すごい、気迫である。

私たちもお愛想をすませ、十分すぎるほど堪能させてもらった。もちろん、栗かぼちゃは食べた。やはり、大阪のおばちゃんのひとことには、誰でもつられてしまうのだ。サービスという点では、どこよりもてきぱきした店であった。串かつにウルサイ私としては、この店へ来てから、評価する項目がひとつ増えた。お客さんがお店の宣伝をするくらいその味に惚れこめるかということである。ナニワのおばちゃん、おそるべし!である。おばちゃんを味方につければ、もう鬼に金棒、百の宣伝よりもおばちゃんの一声である。なんせ勝手にわがことのように自慢し、宣伝してくれるのだから。

スマートボール

スマートボールって知ってる？　私は初めてそれを体験することができたのである。半強制的であったが……。よく縁日なんかで、夜店に出ているらしい。とってもお育ちのいい私としては、縁日ではもっぱら「輪投げ」や「金魚すくい」が専門であり、「スマートボール」なんぞ知るところのものではなかった。しかし、ハマってしまったのだから仕方ない！

今でこそ、きれいな街になったが、いわゆるそれは「新世界」にあった。東京に「東京タワー」があるなら、大阪にはそう「通天閣」がそびえているのである。まさにその下に繰り広げられる世界はこれぞ「ナニワ」である。商店街の一角にその「スマートボール」ができる場所がある。

店内に入ると、「ウソでしょ？」と思うくらいに大繁盛である。パチンコ台が大きくなって、ひらべったくなって、テーブルに寝かされているような遊び道具である。そしてその数はなんと七十台もある。それをみんながマイポジションとばかりに占領しているのである。店内はムンムンとした空気が流れている。すっぽり耳まで毛糸の帽子をかぶった、おじいさん。なぜかその上に「耳当て」までしている。若いカップルたちもたくさんいた。そして少し、無口なサラリーマン風の人たちも黙々と台に向かっている。なんせバラエティーにとんでいるのだ。

遊び方はとっても簡単で、台の右端にあるバネのついた棒を引っ張る。すると、中から白いボールが飛び出してくるのだ。ピンポン玉を二まわりくらい小さくした大きさだ。

それが、パチンコ台を大きくしたものの中で飛びまわる。きっちりと、クギがうってあり、ボールが「五点」「十五点」と書かれた枠のところに入ると、その数だけ白いボールがペイバックされるのである。「五百円で十分遊べるから！」という言葉を信じて、まず百円玉を入れた。棒の引っ張り具合で、力を上手に調節するのだ。そして、ただひたすら点数の高い枠を狙うのだ。まったくもって、それだけなのである。ロボットなどが掃除をしてくれるこのハイテク時代に、なんたるアナログ的な遊びであるか。もう、私はついていけない！と内心思っていた。白いボールはぜんぜん思う方向へいかないし、まったく面白くないのだ。

私はだんだんと無我の境地になってきた。手だけが無造作に動いている。ふと台に目を落としたら、「十五」と書かれたフタが四つ立っているのである。

「なに、コレ？　どうなってんの？」

「この十五のフタを狙うねん。そしてその中に落ちれば、十五個ボールが出てくるで！」

と連れに教えられて、狙うのに必死である。いつの間にか、ラッキースポットに命中していたのだ。いわゆる、パチンコでいうサービスポケットのようなものが、開いた感覚である。すると、あら、不思議…白いボールが面白いように入っていくのである。今までぼんやりしていた私とはもう別人である。アドレナリンが噴出された状態って、こういうときのことを言うのね！　なんて思いながら、十五個、十五個、十五個、十五個と出てくる。その数は六十個である。不思議なもので、こうなると止まらない。五個の枠や十五個の枠にどんどん入っていくのである。私の台は、大変なことになった。

そう、ペイバックされるボールは、なんと台の上にガラガラと出てくるのだ。つまり、ボールが多すぎて、画面が見えなくなってきたのだ。

「きゃぁ～、どうしよう？　画面がぜんぜん見えな～い！」

もう、となりのサラリーマンなんぞ、ライバルでもなんでもない。なんせ、私は画面が見えないほどボールが出ているのである。

「これ、当たり台やな。きっとクギが甘いんやで！」

連れの言葉は、このさい、出来ない者の言い訳にしか聞こえない。私は抱腹絶倒である。百円で十分遊ばせてもらった。八百円使ったという経験者の連れなんぞ、ライバルではなかった。私は、百円である。初心者である。私って、やっぱりスゴイワ！と自分に惚れなおした一瞬であった。

結局、玉はそのうちなくなってしまったが、この「スマートボール」なかなかいけるではないか！　たまには、アナログ的な遊びもいいかもしれない。みなさん、ダマされたと思って一度やってみて！　かなりおすすめである。ポイントは、無我の境地になること。狙わないこと。これにつきる。

王様

義理の兄は、王様だ。なんというか、とにかく王様なのだ。未熟児で死ぬか生きるかという境遇で誕生した。そんな彼は長男である。みんなにかわいがられて大きくなったわがまま星人だ。

小さい時に、よく兄貴にいじめられた、泣かされた、どつかれた！　首をしめられた！　オモチャを貸してくれなかった！　と私の夫に聞かされていた。もちろん、なんたるお兄ちゃんだ！　けしからん！　とそのお兄ちゃん像を想像したものだ。

彼らが小さい頃、仮面ライダーが流行っていた。当時の男の子のヒーローである。みんな仮面ライダーに夢中だ。当然、流行りもののオモチャが存在することになる。そう「仮面ライダーベルト」である。当然、両親は兄弟ひとりずつ買うはずもなく、「仲良く使いなさい」とでも言って買ってあげたのだろう。しかし…当然、王様であるお兄ちゃんは貸すはずもないのである！　なんたる意地悪。なんたる卑怯者。

やさしいうちの夫がベルトを手にできたのは、とうに流行りが過ぎたあとだった。陰でコソッとベルトをつけて、仮面ライダーの真似をするのである。もちろん、兄に見つかるからコソッとするのではない。流行遅れのモノを身につけているところを見られたくないからだ。ほんとに泣けてくる。その姿やいかに…、想像するだに哀れである。

そんな義理の兄もいい歳になった。仕事の関係で大阪を離れ、ずいぶんたつ。月日が彼を大人にしたのか、仕事が彼を大人にしたのか。素敵な頼れる兄として彼は帰ってきた。兄は長く仙台にいた。私たちが仙台に遊びに行ったときにはいろいろ案内をしてくれた。おいしいものもずいぶん食べさせてもらった。

いいお兄さんじゃない！　おいしい食べ物に弱い私は、寝返るのもはやい。案外単純かもしれない。

そんな兄にも彼女がいる。この彼女はじつは私が紹介した人である。まあ、なーんとなくインスピレーションが働いた相手がいたからである。そんなかんじなので、気軽に彼女ともランチにいったりしている。

つい先日はこんなことがあった。

「ミスドに行く？」

彼女はミスタードーナツが大好きなのである。よく通っていることは知っていたので、誘ったのだが、なんと返事に驚いた。

「週に一回だけしか行けないの…」

つまりこういうことである。兄に「お腹が出るから、週一回だけにしとけよ！」という命令?をうけていたのである。それじゃあ、ということでほかの店に行きランチを注文した。すると、またまた今度は、

「私は焼肉定食で…」

なんていう彼女の言葉にさらに驚かされた。彼女は大の肉嫌いだったからだ。もしや？と思い、

「食べられるようになったの？」

「肉もしっかり食べろ！っていわれてるから。食べなくちゃ！」

おまけに、ピアノの先生をしている彼女の爪は、かなり長かった。「女らしく爪も伸ばせ」とでも言われたのであろう。さらに、髪の毛は伸ばせ、黒い服も着ろ（彼女は黒い服は着なかった）、化粧はこんなかんじにしろ、などと王様の命令は続くのである。

すごい、さすがに王様の風格バツグン。自分好みにするのに有無を言わせない。彼女も最近の兄の王様ぶりには、目をみはるものがあるといっていた。しかしである…、

「それがね、いやじゃないの。そんなこと言われても」

まったくお気楽である。きっと、兄のような王様ぶりを発揮する男性は最近少ないのでは？　いまどき、

「おい、お茶！」

なんて全然流行らない。それはどこかのＣＭにまかせておけばいいんだ。彼女は、古き良き時代の女性のように思える。「どこまでも、あなたについていきます」オーラがでている。しっかりと。私にはどう見積もっても、そんな雰囲気がナイものだから、すごく不思議な感覚のする女性だ。

でも本当に兄もよかったなあ、と思う。だって、彼女はほんと貴重な存在だよ、いまどき。あんな横暴を男らしいわ！　なんて言える人はそういない。

密かに私は夫と、

「ふたりは天然記念物やな！　記念物同士いいんちゃう？」

という結論に達した。

ただ、この王様も時として我が家に遊びにくるから大変なの。なぜって？　そりゃ、お茶をいれるときの氷は「二個」って決まってるのよ。それ以上入れたら、氷が多すぎるっ

て一度注意を受けたの。つまりジュースなどが薄まっちゃうってことなのよね。物覚えのいい私は、それからいつもきっちり「二個」だけ氷を入れるのである。

今度何かうるさく言われたら、ホットコーヒーにでも、氷を二個いれてやるつもりである。

（追伸。彼らは六月十一日、無事結婚式を挙げました）

王様

心のばんそうこう

私にとって大きく影響を与え、そしてまた大きな心の支えになったものが三つある。

ひとつは、作家の中谷彰宏氏である。いつからだろうか、彼の本を読むようになったのは。彼は『面接の達人』の著者であり、毎年、四人中三人はこの本を読んで面接にのぞむ学生がいるという。ビジネスやサービス、恋愛小説、スピード読書法や大人の勉強法などについて多くの著書がある。彼の本を読んで助けられたことが多い。ある種、私の心にいい作用を与えてくれる大切な人である。ふと考えていて気持ちがモヤモヤしているときに、ちょうど彼の新刊などがでたりするのだ。

すると、そこにまさに私の欲しかった言葉たちがズラリと並んでいたりする。いわば、彼の本にはかなりのシンクロニシティを感じるのだ。どれだけ励まされたか分からない。きっとこれからも励まされ続けるだろう。もう彼の魔法にかかってしまっているのだから。

そして二つめは、夫や身近な友人、家族に対してである。私の心にどれだけやさしく『心のばんそうこう』をはってくれただろうか。友人のナオミは、

「もし、本にならなかったらどうしよう?」

と不安いっぱいの私に対して、

「ダメだったら私が適当に表紙を作って、ホッチキスで原稿をとめて街角で配ってあげるわよ。大丈夫よ!」

と力づけてくれた。そしてやさしく傍らで応援し見守ってくれた夫。いつもいちばん最初に作品をよんでくれた。多くは語らずとも気にかけてくれている態度がとてもうれしかった。私の気持ちをいちばん大切にしてくれた夫には感謝の気持ちでいっぱいだ。

最後に、『心のばんそうこう』を貼り続けた自分自身について。自分が自分に影響を与えているというのは何かおかしいような気がするかもしれない。しかし私の過去・現在・未来を生きるのはこの私であり、過去にいろんな人との関わりにより今の私がある。そして現在の関わりによって未来の私がつくられていくのは間違いない。失敗したり間違ったり泣いたりしながら、ここまで自分を投げ捨てずに生きてきた。自分を嫌いになるのは簡単だ。

しかし私は自分を嫌いになりたくない。自分を好きでいたい、自分の思いを表現したいという気持ちは止めることはできない。いろんな自分を発見しながら成長し、あのときは

心のばんそうこう

つらかったねと、今ではそのときの気持ちを理解してあげられる私がいるのだ。ある種「自己との対話」である。だからやはり自分に影響を与え、そして支え続けたのは自分であるといえるのだ。

あなたの心にそっとばんそうこうを貼ってくれる人はいる？　心に傷をおっていない人なんていない。真っ白な心なんてありえない。人は一生懸命に生きていればいるほど、体と一緒で心も鍛えられるし、大きく傷つくことだってあるのが普通だ。

私があなたに『心のばんそうこう』を貼ってあげたい。そっとそっと。そしてあなたの心の傷がぱさぱさのカサブタになってはがされる日を信じて…。

あなたのために、たくさんのばんそうこうを用意して待っています。

聞く耳

機嫌よく洗濯物を干していた。ふと下を見ると、十代の女の子がふたり何やら楽しそうに、話に花を咲かせている。しかし、カンの鋭い私は、この二人が何かやってくれそうだという気配を感じ取っていた。そしてその予感が見事に的中してくれるから、ほんとに泣けてくる。

やや髪の毛が金髪に近いひとりの女の子は陽気に、

「寒いから、カイロしとくわ」

若い子でもカイロはぜんぜん問題ない。

「子供は風の子元気な子」と古臭いことを言っているのではない。その後が問題なのだ。ペラッとはがして用済みになったホッカイロの袋と、はぎとった残りの残骸をものの見事に、何のためらいもなく、路上にほったらかしにしてくれたのだ。

「ちゃんと、ゴミ捨てておいてね!」

と私は洗濯物を干しながら、声をかけた。二階のベランダからだったので、少し彼女たちを見下ろす形になってしまったが、その分、これ以上ないくらいやさしい口調で、しかも愛をこめて注意を促したはずだった。しかし、しかしである。

下からキッとはすかいに私を睨みつけ、

「行こっ!」

ともうひとりの友達に声をかけ、自転車でどこへともなくヒューンと走り去ってしまった。もう、これにはぶっ飛んだ。この短気な私が、やさしくこともあろうに、愛をこめて話しかけたというのに…もうこのさい、洗濯物などどうでもよかった。私は、いったいどうしてくれようかと考えた。

この子たちの親はいったいどういった教育をしているのだろうかと言うのは、とってもたやすい。しかし、注意をしても素直に聞き入れられないという態度を見ていると、親も注意をすることにうんざりして、さじを投げてしまったのかもしれない。社会に出れば、みんな自分のことで精一杯である。人のことなんか構っていられないのだ。そんな中で最低限のマナーを知らずにでていけば、当然笑われるのは本人である。そして、注意をしてくれる人がいて初めて気がつくのである。最近は、注意をする人も少なくなってきているのは悲しい。キレるという言葉が、当たり前に市民権を得て通用する時代になってしまった。

逆ギレされて、危険な目にあわないとも限らない。どこかの本で読んだが、「マナーの悪さは知性の欠如だ」というのである。たしかにその通りだろう。素直に聞く耳をもっていないものに、ご丁寧に注意を与えても、これはそれこそ「馬の耳に念仏」の世界だ。

自転車に乗って、かけぬけて行った彼女たちの後ろ姿を見ながら、注意してくれる人がいるうちが花だよ、なんて思ってみたが、彼女たちにはこの言葉はまだ届きそうにない。

黒いサングラスの男

ほんとにマナーの悪いヤツには忘れた頃に出会うものだ。車で信号待ちをしていた私。その日は、珍しく車だったので、もう神経はハンドルと前方に最大集中だ。ふと向かいの車線で止まっている車があった。しかし、その後、ほんとに夢じゃないの、コレ？　と思うような出来事が起こってしまったのだ。若い男であったが、黒いサングラスをかけているまではよかった。おもむろに車のパワーウインドウを開けると、

「ジャ～ッ」

とそれは、慣れた手つきで缶ジュースを路上に垂れ流し始めたのだ。

「あんた、何やってんの？　おかしいんじゃない？　ちょっと、降りて来い！」

と言えたらいいのだが、こちらは、信号が変わったらすぐに発進しなければいけない。なんせ、車線の先頭に位置していたのだ。そしてこちらを見て、その男はなんとも不敵な笑みを浮かべたのだ。

ふと、考えた。コイツは間違いなく、とんでもないバカだ。しかし、どうしてそんなこ

とができるのだろうか？……と。マナーの悪さは言わずもがなだ。しかし問題は、黒いサングラスにあるのではないかと思ったのだ。サングラスが悪いといっているわけではない。ただ、電車の中や街中でも見かけるが、何が不気味かといって「目の見えない」不気味さは筆舌に尽くしがたい。マスクで顔を覆っていても、その人を認識することはできる。しかし、サングラスではよほど注意しなければ、人違いを起こしかねない。サングラスには、目を隠すと同時に、その人自身を隠してしまう効果があるのだ。つまり簡単にいえば、本人は他人を見ているけれど、他人からその人を見ることはできないような感覚だ。確かに、どこの誰ともわからなかった。

芸能人がサングラスで目を隠すという心理がわかるような気がする。自分だと悟られたくないからだ。しかし、やはり人間は目を見て話をするのだ。目から相手の心理を読みとったりするのだ。つまり自分だけ相手を覗き見するくせに、自分のことは見せないのである。まったくもって、許せない。フェアではない。

そして、彼は路上に一滴残らず、ジュースをぶちまけ、アクセルをふかし立ち去って行ったのだ。私は視線で相手を殺してやるつもりだった。しかし、黒いサングラスにはかなわない。もし、黒いサングラスをかけていなければ、状況は変わっていたのだろうか。

下界

たまには、一流ホテルに行くのもいいものだ。何より、時間と空間の感覚がまるで違う。あまりにキョロキョロするのは、品がないし、慣れていないと思われるのはなんとも癪にさわる。そのホテルで食事をしたことはあっても宿泊は初めてである。なるべく視野を広くとって、必死にかつ優雅にチェックインカウンターを探す。

「お泊りでございますね?」

ギョ? いつの間にこのベルボーイは、やってきたんだろう? キョロキョロしてるのが、バレちゃったのかしら?などととっても気弱に思いながら、しかも口調はおしとやかに、

「ええ、宿泊です!」

ときっぱりと軽やかに答えるあたり、なかなかの名演技である。

たしか、本で読んだことがある。一流ホテルマンは、ドタドタと歩かない。ほこりもたたないくらいに歩く。しかし、そのスピードは並の速さではないと…そしてなおかつ、お

客さんの動きをよんでいるのだから、すばらしい！

チェックインも無事にすませ、案内された部屋は十九階であった。

「きっと、見晴らしは最高だわっ。ラッキー！」

もう、内心はミーハー以外のなにものでもなかった。でも、相変わらず、おすましている私。

「こちらのお部屋でございます」

丁寧にベルボーイは案内してくれた。もう、さっそく部屋に入ってひとりになると、ジャケットを脱いだ。

「あ〜、極楽！」

しかし、あまりの静けさに、私はまったくひとりぼっちかもしれないという気さえしてきた。普段は、あんなにも静けさを求めていたのに…。

そんなとき、携帯が鳴った。

「ちょっと荷物多いから、下まで降りてきてくれへん？」

とわが夫からだった。後ほどホテルで合流という手はずだったのだが、ひとりさっさと部屋でくつろいでいるところだった。

「うん、わかった」

と言ったのだが、ふと考えた。待てよ、旅館だって荷物を運んでくれたりするのだ。この一流ホテルにおいて、まさか無視されるはずはあるまい。しかも、大荷物となれば、鋭いベルボーイのことである。

「お泊りでございますね?」とやってくるに違いない。身軽にやってきた私でさえ、早々にそういって案内されたのだから。

「あのさ、たぶんね、ホテルに足を踏み入れた瞬間に、きっとベルボーイがやってくるわよ。えっちらおっちら夫婦で、荷物運んでいる人って、ダサイわよ。そんな人見たことないもん」

「ほんま? わかった。じゃ、また後で」

といって携帯を切った。しばらくすると、

「ピンポ～ン! お連れさまをご案内いたしました」

とやってきた。見れば、とてもさわやかでいて、なおかつ重い荷物もサラリと持ってのけるベルボーイ。そしてわが夫がちょこんと側に立っていた。なぜだか、あわててジャケットをはおって、

「はい、どうぞ！」

とドアを開けた。その後、わが夫に聞いてみると、

「ほんまに、すぐにとんできて、荷物もってくれたわ！　すごいな！」

でしょでしょ?となぜか満足げな私であった。

さらに、私は夜、またまたすごいことを発見してしまったのだ。たいてい風呂あがりは、洗面台の鏡が曇っていてどうしようもないはずなのだ。が、ふと着替えをおえ、鏡を見ると…曇っていないのである。しかもちゃんと顔をみるあたりから上半身にかけての部分が！きゃぁ～、驚きである。自宅の洗面台には、そういった類のスイッチはあるのだが、いつも手でキュッキュッとふいてやって終りである。だからここにはどこにそんなスイッチがあったのだろう?と気になったのである。でも、まったくどこにもそんな気配が感じられない。しかし、鏡は熱い！　なぜ?

またまた、研究熱心な私は発見したのである。つまり、洗面所の電気をつけると、もう自動的に曇りよけの電熱線がセットされるようになっているのだ。もう、エクセレント！言うことなし！　決していばっていない、ぼんやりしていたら気づかないくらいの、その大きなホテルの細やかな演出にしびれてしまった。やっぱり一流ホテルは違うわよねぇ～

と。

感激ひとしお！

あまりの静けさに、私たち夫婦は同じ大阪にいるような気がしなかったのである。しかも大げさなようだが、別世界にいるようなそんな感覚にさえさせてくれる。私たちの普段の日常は、十九階の窓から見れば米粒のような大きさである。

翌朝、私たちは下界に降りた。普段の日常に戻ったのだ。しかし、なぜだかこれはこれで私のいる世界だわと妙に落ち着く。下界の生活があるからこそ、きっとあの夢のようなひとときを過ごせるのだと思った。人は静かな空間がなければ、生きてはいけない。しかしこの下界の騒々しさもなければ、また生きてはいけないのだ。人はやはり最後には人を求めるのかもしれない。

下界

赤穂アース事件

一九九九年のNHK大河ドラマは最高だった。『元禄繚乱』である。中村勘九郎演ずる「大石内蔵助」に夫婦とも釘付けにされてしまった。日曜日は外出していても、このためにそそくさと帰ってくる始末である。そんな単純ではまりやすい私たちは、「赤穂へ行こう！」と歴史をたどる計画をたてたのである。

大阪からだと、車で二時間もあれば到着する。「大石神社」「赤穂城本丸門」「花岳寺」そこに立つとなぜか胸がジ～ンとしてしまった。私よりも感動しやすい夫はもう、あちこちで記念写真をとる始末。よくある日付入りのセットされた場所で、顔だけ穴があいている壁紙の裏にまわった。内蔵助が描かれている壁紙から顔をちょこんと出して、気分はすっかり大石内蔵助である。

夏のことだったからもちろん海水浴の用意もしていった。旅館は夫が予約しておいてくれていた。わりと名の知れたところであるらしいが、これがどうにもガッカリすることこの上なかった。

部屋でゆっくりして、温泉に入って、晩御飯を食べて…あとはゆっくりおやすみモードに入るだけである。すると、「カサカサ…」となんとも不気味な音が聞こえてきたのだ。もしかして…見ると、なんと壁に黒々としたゴキブリが這っているではないか！

「きゃ〜、ゴキブリよ！」

私はゴキブリを見ると、どうにもこうにも我慢できない。一匹いたら三十匹もしくは、百匹はいるといわれる、太古から存在する生命体である。闘争本能が芽生えてくる。しかし、ここは私のホームグラウンドではないのだ。つまり、自宅ではないので勝手の違いにうろたえる。アースもなければ、新聞紙もない。誰か旅館の人に来てもらうように夫に頼んでもらった。

すると、現れたのはそりゃほんとに見るからに頼りなさそうなおじさんだった。

「あの、大丈夫ですから。はい、もうすぐに。はい、大丈夫ですから」

というわりには、アースのパッケージのセロファンを外しておらず、それをはずす作業に手間取っている。私は、イライラしてきた。ゴキブリの行方を追いながら、おじさんを横目で見る作業は疲れるのだ。

「早く！　そこにいるから！　早く！」

もうイライラボルテージ最高潮である。ここで取り逃がすと、私たちの夜は、いつ出現するともわからないゴキブリの存在に怯えていなければならないではないか。彼らは利口なのである。なんせ太古から絶えることなく、存続し続けているのである。

「シュ～ッ」

やっとおじさんが、セロファンを外しゴキブリに向けてアース攻撃を開始し始めた。しかし、もうこれは手緩いとしか言いようがない。ゴキブリからはるか遠くにキョリをとりながら、アースをするのだから一向に効き目はない。敵は逃げるばかりである。

「もうちょっと、近寄ってシュ～ッとしてくださいよ！」

私はすでに現場監督と化した。

「大丈夫です。はい。もう、たぶん死んでますから。はい」

とおじさんは言うが、亡骸を見ないことには彼らの場合、安心は禁物なのだ。

「絶対、どこかに逃げたわよ。死んでないわよ！　絶対に！」

もう、こうなったらおじさんに頼るのはあきらめた。埒があかないというのはこういうことをいうのである。さらに、おじさんは畳にしかれてある私たちの布団をまあ、ものの見事に踏み散らかしてくれたのだ。土足とはいわないが、靴下でもやはりイヤである。ただでさえ、ふっくらとは言えない布団がぺっちゃんこである。

「アース、置いて行ってくださいね。それにテレビの上のジュースはもう飲めないので、捨てておいてください」

と冷静にかつ脅迫めいた言い方でおじさんに告げた。

「え、あ、はい、大丈夫です。あの、ジュースは新しい物とお取替えしますので、はい」

しかし、やっぱり「カサカサ…」と彼らはどこからともなく出てきたのだ。予感的中！私はよっぽどおじさんより、たくましく迅速に処理できた。安心も束の間だ。もう一匹今度は反対側から少し小さめだが、その姿を現した。しかし、私は自慢じゃないが動体視力には自信がある。けっして逃がさない。

格闘を終えた私たちの部屋は、火事か避難訓練かというくらいに、真っ白けだった。そしてそんな頃、とぼけたさっきのおじさんはやってきた。

「これ、新しいジュースです。はい、もう大丈夫ですから」

といってのける。得意げに私は、

「これ、もう一匹いたのよ。それでね、こんなアースくさい部屋で寝られませんから」

と言ってやった。夫も当然、後押しする。

「こんな部屋で寝れへんで。だいたい空気の入れ替えしようにも窓開けたら虫が入ってくるし、困ってんねん。ちゃんと他の部屋用意してや！」

もうこうなったら大阪弁は強いのだ。凄みがあるのだ。いいわ、いいわ、その調子よ！

当然よ！　そう思っていた。するとおじさんは、

「いま、どの部屋も満室なので、ちょっとねぇ～」

とのたまったのである。さきほどの気弱さとは似ても似つかない言い方だ。私たちの怒りのボルテージは高まった。ゴキブリも退治できず、私たちに処理させておいて、挙句布団をとっ散らかして行って、それはないいんじゃないの？　えー？・という感じだ。

「反対の立場になって考えてや！　おたく、この部屋で寝れんのかいな」

夫は言う。おじさんは無言で立ち去り、ひとりのおばさんを連れてきた。そして部屋移動は叶ったのである。しかし、

「こっちです」

といったが、ただ私たちの荷物運びを静観するのみ！

「ちゃんと手伝ってや！」

そう夫が言うと、舌打ちをせんばかりにおばさんとおじさんは手伝い始めた。

通された部屋はしっかりと空いており、「何が満室よ！　このウソツキめ！」と言いたい気持ちをおさえた。当然、アース充満部屋から解放され普通の空気を吸えるようになったが、なんともお休み前の格闘に疲れ果ててしまった。「すみませんでした」の一言は当然あるはずもなかったのだ。

翌日、早々にチェックアウトして赤穂駅周辺を散策した。「息継ぎ井戸」を見て、感動は再びよみがえった。「ああ、ここで萱野三平たちが一息ついたんだわ」、主君の刃傷を知らせるために驚異的なスピードで江戸から赤穂へ戻ってきたのだ。ここでは、私もちゃっかり写真におさまった。

近くのお土産屋さんに立ち寄った。気のいいおばさんは、

「大阪の人？　昨日からなの？　じゃあ、花火大会も見たのね。きれいだったでしょ？」

ときたのだ。

「昨日、花火大会があったんですかぁ？」

と答えるしかなかった。昨日といえば思い出したくもない、あの黒いカサカサととぼけたおじさんしか思い浮かばない。知らなかったと告げると同時に悔しかった。普通、チェックインしたら「本日は、花火大会が○○であるので、見に行かれたらきれいですよ！」く

らいの宣伝をする頭がなくてどうする？　ま、このさい過ぎたことは言わないようにする。いくら言ったとしても、あのおじさんが支配人であれば、そんなことは出来るはずもないのは、子供でもわかるであろう。

「昨日、花火大会があったんだってさ」

「まあ、花火大会を見に来たんちゃうからなぁ」

と夫に言われた。そうだ、私たちは、「大石内蔵助の軌跡」を探りにきたのだ。歴史に身をはせるためにやって来たのだ。そう思ったら、ゴキブリがなんだ！　愛想の悪いおじさんがなんだ！　どうでもいいじゃないか。

彼らの生きていた三百年前の時代に比べると、そんなものはとるに足らないゴミみたいな出来事だ。気を取り直して、「赤穂の塩」をお土産にしこたま買いこんだ。

ふさちゃん

なんとも陽気なおばちゃんであった。湯郷温泉で仲居さんをしていた人だ。私たちが大阪出身だと知るや否や、急に大阪弁になったのだ！

「じつは、私も大阪出身やねん」

といったが最後、世間話を始めだした。自分のことを「ふさちゃん」と呼ぶようにさりげなく指示もだす。

私も大人になったもので、

「ふさちゃん、お肌きれいですね！」

とお上手もやってみた。すると、

「ヒミツ教えてあげよか？　温泉にある『米ぬかソープ』がすっごくいいねん！　絶対使いや！　使い方はね…」

はじめは、営業かぁって正直思った。しかし、ふさちゃんは、並の仲居さんではなかった。

「今から、すぐに温泉に入りや。それで、米ぬかソープがおいてあるから、ちゃんともって帰り！　袋忘れたらあかんで！」

である。

「持って帰るの？」

「当たり前やん！　みんな使うからすぐなくなるねんで！　ビニール袋忘れたらあかんで！」

ときたもんだ。使い方が難しいので、しっかりその技法まで伝授してくれた。

その後、近所を散歩をしていたので、ふさちゃんの言うように早い時間には温泉に入れなかった。夕食前の温泉は、人・ヒト・ひとであふれかえっていた。そんな中で、ふさちゃんのいう大胆不敵な行動がとれるはずがない！　ましてや湯気でむせかえっている場所で、取り合いになる『米ぬかソープ』を見つけられるはずもない。当然、あきらめて部屋に戻る。この後が大変だった。取ってきていないことを告げると、食事の用意をしているふさちゃんがひとこと…、

「あんた、あかんたれやなー。わたしが取りにいってあげたいけど、着物きてるしなー。寝る前にはなくなってるで！　どうすんの？」

どうすんの？と言われても……。

しかし、チャンスは巡ってきたのである！　夕食後、さらに露天風呂めがけて、行ったところ……人がいない！　まったくいないのである。「いま、チャンスなのかしら？」と思うがはやいか、小さな袋に、ワンプッシュ……なんだかすごく悪いことをしている思いはあったが、これも美しい肌をつくるため！　必死である。ふさちゃんの予想通り、残りは五分の一くらいになっている。ガラガラガラ…ひとり女性がやってきた！　やばい。頭を洗うふりをしたり、ましてや米ぬかソープなんて、何のことって顔をしながらすましていた私。五プッシュくらいしただろうか…残りが少なくて、プスッというにぶい音が容器からする。冷や汗である…。

寝る前にもう一度温泉にいった。すると、例の容器には、

「当店自慢！　米ぬかソープ、売店でただいま好評発売中！」

アハ、売っていたのね。それならそうと、早く言ってほしかった。ふさちゃんのおかげで、お肌がつるつるになってきています。売店で買いましたよ。ちゃ～んと。でも、今はまだ、必死の思いをして取ってきた米ぬかソープをちゃっかり使っています。ごめんなさい。しかし女性は「美の追求」からは逃れられないのである。絶対に。

とうもろこし

「とうもろこし」を買おう！といそいそスーパーに出向いた。とうもろこしコーナーには、ニュージーランド産の真空パックのものと、北海道産のものがあった。やっぱり北海道産よね！って思ったけど、念のために野菜担当のおじさんに聞いてみた。

「甘くておいし～い、トウモロコシがいいんだけど…それってどれ？」

と厚かましく二つのとうもろこしを前にしながら尋ねてみた。すると、おじさんが、

「う－ん、困ったな。おいしいって言われると自信ないな。こんなこと言ったらあかんねんけどなぁ」

と、突然、北海道産のとうもろこしを開け、粒をパクッと食べちゃったのよ。そんなことしていいの？　それ買わなきゃいけないんだろうか？と小心者の私はビックリしながらしっかり主婦根性をあらわにしていた。おじさんいわく、

「うん、これはたぶんいけると思うで」

といって、値引きになっていない、とうもろこしの方（たぶん、より新鮮なはず？）を値

引きしている物より、さらにさらに安くして、

「これで勘弁して！」

と泣きついてきた。おおーっ！　いいの？　後で、「やっぱり、ごめん」なんて言ってきても知らないからねぇ。

そういえば、前にもそのおじさんに、

「きゅうり売り切れちゃったの？」

って聞いたことを思い出した。

「広告の品は早くに売り切れてしまうから」

と言われたんだけど、そこで引き下がっては、ナニワの主婦はやってられないのである。

「えーっ、ざんねん〜。今日はどうしても、きゅうりとタコの酢の物が食べたかったのにー。タコも買ったのにー。残念…タコ、どうしよっかなー」

これは半ば脅迫めいている。しかし、

「ちょ、ちょっと待っててください」

と言っていったんおじさんは引き下がった。しばらくすると、

「すいません、これで勘弁してください」

と言ったおじさんの手には、きゅうりが二本握られていた。「なーんだ。あるじゃない」と自分の強引さに感心しながら、次もこの手でいけるかもね？ なんてときめいていた。

広告の品は三本だけど、安くしてくれているし、きゅうりとタコの酢の物も食べられるし万事オッケーだった。

「あー、きゅうり売り切れてるわ。ほんまにもー！」

と感情をあらわに怒っているおばちゃま達を尻目に、その場をそそくさと立ち去ってレジに向かった。「あんた、そのきゅうりどこにあったん？」なんて聞かれたら大変だ。やはり年季のはいったナニワの主婦になるにはもう少し時間がかかるかもしれない。

同じ目線

先日、スーパーで目撃した出来事がとてもすさまじかった。かわいい四歳くらいの男の子がいたの。幼稚園の帰りかな？　制服を着ていたから。そしてお母さんと妹と買物をしていた。というよりはしゃぎまわっていた。鮮魚コーナーの愛想のいいおじさんがいるんだけど、ふたりでジャンケンなんかして、そりゃあとても盛り上がっていたの。とても微笑ましかった。

私はレジをすませて商品を袋につめていたら、急に、

「コラー！　どこに座ってるねん！　お前はごはんの上に座るんかぁー！」

という怒鳴り声が聞こえてきたから、びっくり仰天。ふと見ると、さっきのかわいい男の子が怒られていた。お母さんは仁王立ち状態で、子供を見下ろしてにらんでいたの。スーパーの中にお米屋さんがあって、どうもその男の子が売り物のお米の上に座っちゃったみたいなのね。袋に商品をつめこむ手が休んでしまった私。最近、子供が外で迷惑をかけても怒らない親がふえているから、わぁ、めずらしいなぁーって最初は見てたの。

ただ、ひとつだけそのお母さんのおしかったところは、子供と同じ目線にたっていなかったということ。子供は背の高いお母さんを見上げるのと、怒られている恐怖心できっと何がなんだかわからなかったかもしれない。こっちが見ていても首が疲れてきたもの。もちろん小さい男の子の視点で私は見ていましたから…だから首がつらかったの。上から見下ろされる怖さって、大人になったら忘れちゃうのかもしれないね。

ばか力

帰宅途中に、大変な目にあった。ひさびさに寿命が縮む思いをした。その時にハンドルを握っていたのは、わたし。助手席には夫を乗せていた。

「あれ？　どうしてこっちの右側すいているんだろう？」

「そのさきで合流するから、そろそろ左側に寄っておきや！」

という声に続き、

「あの車の前に入れ！」

と言われて素直にハンドルを左に切ったまではよかった。

しかし、しかしである。グイ～ンとスピードをあげて、その車は立ちはだかってきたのだ。見ると、なにやらとてもコワイ系の人だった。パンチパーマ、顔にはヒゲをたくわえていた。ガラス越しになにやら、ひとりで息巻いている。なんだかヤバイ？　怒ってる？　でも、そんなぁ～。無理な割りこみではなかった。決して。神に誓って。

なんだか、ぼんやりしていると、その人はこちらに向かって、ついにやって来たのである。阿修羅の形相である。さらには、どこにこんな人たちがいたのかしら?って思うほど、いわゆる「ソレ系」のおじさんに、お兄さんまでご一緒に、である。や、やばい…これは、非常にやばい。かこまれてる。私もここまでなのかしら。静かに、そして丁寧にパワーウインドウをさげながら、

「すみません……よく見てませんでした」

と丁重に謝らせていただきました。なにやら、ワンワン言っておられたように思いますが、じつはわたし、さ〜っぱり聞き取れなかったんです! というより正確には、聞こえなかったの。

人間は、究極の状況では「不思議な力」がでるらしい。たとえば、あの「火事場のばか力」のような…くれぐれも、戦ったのではありません。そんな恐ろしいことは、小心者の私にできるはずもない。

私は身の危険を察知して聴力が低下していたけれど、そのかわりすごい能力がグングンわきあがってきていたのである。視力である。目がよく見えた。あらゆる状況をまるで写真を撮ったときのように映像が頭の中でコマ送りされていた。

当然、ワンワンやってた人は、目の前で目撃しているので、完璧に記憶。ちらりと見え

た、真っ青なスーツに、キツネのボアつきのコートを着ていたすこし若めのお兄さん。うみ坊主のような、ちょっと立場的には偉い雰囲気そうなおじさん。黒の革コートをはおっていた。でも、そのうみ坊主風のおじさんは、ニコニコ笑って意外にやさしそうだった。「こんなヤツは相手じゃないな」といった感じでけらけらとしていた。

おかげさまで、ケガもなく、命に別状もなく解放された。割りこみに息巻いていたおじさんも、ようやく立ち去ってくれた。

しかし、もしも…もしものために、きっと私の視力は「ばか力」を発揮したのだろうか。ふだん記憶力に乏しいわたしが完璧に暗記である！ 迫り来る、事情聴取なんかのために。似顔絵師に正確に特徴を告げなくてはと、脳の片隅で考えていたのかもしれない。私は自分でなかなかのオリコウさんだとひさびさに自分をほめてやろうと思っていた。あの冷静な態度はアッパレだったわって。

「俺、あのおっさんに、メンチきったのがよくなかったのかなぁ」

「ゲッ！」

謎のおじいちゃん

いつものように、えっこらしょっと！と大好きなベンチに腰をおろした。仕事場のもよりにあるの。ふと隣になにか、気になる存在を感じた。七十歳はゆうにこえていそうな、おじいちゃんであった。

なにやら一生懸命、手帳をながめている。失礼かしら?と思いながらも、好奇心いっぱいの私はふと目線だけを横にやってみた。予定がぎっしりと刻まれている。しかし、手帳の暦はなんと一九九七年十二月となっていた！　オヨヨ？　あの～、いまはとってもミレニアムなんですけどぉ～。このおじいちゃんは時が止まっているのかもしれない！　と勝手な解釈をして納得していた。でも気になって再度手帳をのぞきこむと…、それはどこからどう見ても、英語だった。そうイングリッシュだったわけ！　これにはさすがの私も驚いた。

しかも、すべてぜ～んぶ筆記体である。このおじいちゃんはただ者ではないぞ、と悟った。そういや、さっきから手帳を見つめて、ブツブツいっていたのは、発音の練習だったのか。格好はというと、それはもうはっきりいって怪しかった。大きなマスクをして、アーミー柄のリュックサックをベンチ横に置き、なぜか帽子はとってもおしゃれなPARISである。なんだか、そのアンバランスさも、気に入ってしまった。

ある一人のおばあちゃんに席を譲ると、そのおじいちゃんは、颯爽と立ち去ってしまった。私はというと、その状況をぼんやりとながめていたっけ。なんだか、言葉をかわすことはなかったけれど、そのおじいちゃんの格好よさにすっかり惹かれてしまっていた。おじいちゃんの歳の半分もいってない私が、「肩こるのよねぇ」「最近疲れやすくってさぁ」なんてのたまっている自分がとっても恥ずかしく思えた瞬間だった。

電話で感性を磨く

通信網も充実したこの世の中。でも、相手の顔が見えないこの電話ほど恐ろしいものはない。

先日、携帯電話で話をしているとき、こちらはよく相手の声が聞こえているんだけど、向こうは私の声が聞き取りにくかったようだ。そして、

「もしもし?　アレ?　もしもし~?　きれちゃったの?　ガチャン!」

とやられてしまった。そしてまたあるときには、こうである。

「もしもし?　聞こえていますか?　アレ?　もしもし~~~?」

と半分怒りに満ちた声でやられたもので、びっくり仰天!

「聞こえていますよ!」

といってもタイムラグがあるのか、かみ合わず…。ひどい場合は相手の感情やイライラ、な~んだよ、どうなってんだよっていう気持ちが読める。これを回避するには、もしかしたら「聞こえているかもしれない?」という意識をどこかに持って、

電話で感性を磨く

「電波の調子がよくないようなので、かけ直します」

と言って切ったほうがよっぽどいい。間違っても、

「どうなってんだ？　どこにいるんだよ！　コノヤロー」

なんて言わないように。電話が聞き取りにくいときもそうだ。

「もっと大きな声でしゃべってよ！」

なんて言えない相手には、

「電話が遠いみたい…」

「ちょっと電波が遠いみたい…」

といってみよう。そしたら、

「電波が悪い？」→「聞こえにくい？」→「もっと大きな声でしゃべろう！」

普通の人ならきっとこういう構図ができあがるだろう。相手を不快にさせず、電話をするマナーである。電話は、感性を磨くひとつのツールかもしれない。

語尾上がりの口調

地下鉄に乗り、帰宅途中の出来事。私の向かいにあるおじさんが座ってたの。いちばん端の席に。その横には幼稚園の男の子と女の子が座っていた。もう一人の女の子はその子たちの前に立っているんだけど、荷物やらなにやら電車が揺れるたびにおじさんにぶつかっていた。

おじさんは、急に、

「どうぞ」

といってその女の子に席を譲ってしまった。すると、その幼稚園の女の子は、

「ありがとうございます!」

と語尾あがりの口調でうれしそうに答えた。でも、女の子は前方ななめ二メートル先からの視線におののき、その席から飛びあがってしまったの! そう、女の子の母親がいたのよね。ふと目線をやると、スラリとしたきれいなお母さんだった。女の子に首を横に振っていました。つまり、「座ってはいけません!」という暗に示されたメッセージ。その女の

子は、

「おじさん、座ってください！」

とまた、語尾上がりの口調で告げると、目をうるうるさせながら、

「次で降りますから、いいです。おじさん座ってください！」。

とてもおしゃまな女の子、そして一度立った手前、また座りづらいおじさん。そのやり取りが面白かったし、見ていてほのぼのしていた。結局おじさんはとても間が悪そうだったけれど再び座った。

私は、本を読みながら、ずーっとこの光景を観察していたの。ほんとに、かわいい女の子でした。でも、ちょっと照れたようなおじさんの顔も忘れられない。今回は、このおじさんに軍配をあげようかな。

甲高い声

いつも決まって不快になる本屋がある。正確にいうとある女性に接客をしてもらうと不快になるといったほうがいい。わりと大きな書店なのだが、その女性はいつも頭のてっぺんから声が出ているしゃべり方なのである。誤解しないでいただきたいのだが、声が高い人が悪いといっているわけではない。

私は聞いてしまったのだ。彼女が他の店員と話すときはとても普通のトーンで聞きやすい声なのである。しかし、いったんレジに立つと、もうそれはそれはマニュアル通りに、一から十までしゃべりまくり、あげく頭のてっぺんから出てくる声を聞かされる方はたまったものではない。

「カバーはどうされますか?」

「カバーは結構です。領収書をいただけますか?」

「かしこまりました。お名前どうされますか? 但し書きの方は書籍代でよろしいですか?」

ほんとうになんてことのない会話である。しかし、なぜこうも不快になるのか考えてみた。私はただ文句をたれるばかりではないのだ。どこまでも研究熱心な私である。そして気付いたのだ。私はこの「但し書き」というのが気に入らない。かなり時間の無駄使いなのである。なぜかというと、書店では書籍代に決まっているではないか！　なぜ当たり前のことを長々と甲高い声でやり、また画数の多い「書籍代」という文字を丁寧に記入するのか。これが不可解だった。疑問を持ったらたずねてみるのが私の主義である。ある時、その彼女が例のごとく、

「但し書きの方は…」

と言ったときにたずねてみた。

「すみませんけど、書籍代以外に何かあるんですか？」

すると彼女の顔色がみるみる変わった。真っ赤に青ざめるとはわかりにくいだろうか？まさにそんな表情であった。そしてぶ然と私に言い放った。

「雑誌代にしてくれというお客様もおられますので！」

これはあきらかにいきり立っている様子であった。しかし、私は失礼な質問をしたとは思わない。たかが「雑誌」「書籍」の違いであり、天と地がひっくりかえるような大層なも

のではない。ただ、とても経費に厳しい企業があるとするならば、雑誌か書籍かはっきりしなければ経費がおりないというところもあるのかもしれない。それよりも、お客様の時間をマニュアル通りにすることによって、奪っているということを彼女はとんと分かっていない。彼女の甲高い声がさらに私のイライラを募らせるのである。

他の店員さんでは、まずこれはない。よくよく観察してみると、同じことを聞くにも、

「書籍代でよろしいですね」

といってすでに書き始めている。もしくはあけたままにしている。

不思議なもので、書店ではさっきまですいていたのに、急にレジが混み始めることがある。そんなときこそ機転をきかさなければ、たった一冊のためにえんえんと待っているお客さんがたくさんいる。私は一度に買う冊数が多いから、たまに後ろの人に申し訳なく思ってしまう。私はかなり小心者である。ひどいときは、そのペースに耐えられず後ろのお客さんのイライラが伝わってくるときがある。

「あのぉ、先にしてあげてください」

と言ったこともある。彼女のマニュアルぶりには辟易する。もうやめてくれと言いたくなる。

何も低い声で話せとは言わないが、甲高い声はひとつ間違うと相手を不快にさえするものなのだ。元イギリスのサッチャー首相は、ボイストレーニングを受けてわざわざ説得力のある低い声にする訓練をうけた。それだけ、声の印象というものはバカにできないのである。そんなことは彼女にとっては余計なお世話だろう。ご丁寧に言ったところで殴られるのがオチだ。

かと思えば、もうひとつよくいく書店がある。こぢんまりしているが、そこにはいつも若い学生から主婦までよく出入りしている。お客さんが入っていないときは見たことがない。そこの店主はとても親切な人で、本当に本を愛しているのがわかる。私はよく専門書などを頼むのだが、嫌な顔ひとつせずに発注をかけてくれる。そして丁寧にＦＡＸで、

「いついつに入荷します。またよろしくお願いします」

と連絡をくれる。もうこうなると、ここに頼めば必ず私の欲しい本は手に入るのだという神話が出来上がる。きちんと丁寧にコーナー組みがされてあり、それはそれは見やすいし何よりこだわりが見てとれる。

「また、この本を注文したいんですが」

「あ、この本はね一カ月前のですがすぐ取り寄せますから」

と即返答できる。これはなかなか簡単なようで難しい。

本が大好きな私は、気持ちよく本を手に入れたいのだ。だから先の女性のような人から買うと、レジ前でたちまちアドレナリンが噴出して寿命を縮めることになる。マニュアル通りもいいが、もう少し機転をきかせた動き方ができてもいいのではないかと思う。

しかし、意地悪な私は思うのである。こんな女に限って、私生活ではと～っても男性なんかに気を利かせていい女を演じているに違いないわと思ってしまうのである。これは私のひがみであろうか。

超音波

癒しがテーマのような昨今。超音波に癒される現実があるって知ってた？　そもそも、「超音波」とは振動数が毎秒二万ヘルツ以上の音波のこと…。高音は、ふつう一万六千ヘルツ以上から人間の耳では聞こえなくなっちゃうんだって。

でもね、宇多田ヒカルちゃんは、なんと二万ヘルツ（二十kHz）まで出ているらしい。う～ん、超人的ね！　ＣＤでの超音波の限界がそれくらいだから、聴こえない声が聴く人の心をとらえているってこと…。スーパーオーディオなるものがでてくるらしい（もうでてるのかな？）。それは、百kHzまで可能だから、もう生に近い臨場感が楽しめるって。彼女が醸し出す音。その強弱のゆらぎはまさに「除夜の鐘」また「脈拍」「呼吸」などのリズムと似ていると専門家は言っていた。ということは、彼女は、まさに人間のメロディを歌える歌手なのね。

ちなみに、超音波って、歌のうまい下手は関係ないらしい。聴こえない声が、聴く人の心をとらえている。ということがあるのなら、見えない心が、見ている人の心をとらえて

いるってこともあるよね。きっと、みんなにも人を癒せるオーラはあるんだよ。オーラは
自分では見えない。
　私は心の超音波をだせるかな？

死はコントロールできる

高所恐怖症の男性がドキュメント番組に出ていた。彼は二十代の男性。仕事は電気工事関係。職業柄、電柱に登ったりしなければならないのに、三分の一も登るか、登らないうちに、「オエッ」となってそれ以上登れないの。うそ～ほんとに？って半信半疑だったんだけど、ほんとに冷や汗なんかかいていて、もうどうにもこうにもダメです！っていう状態だった。

彼の高所恐怖症を治そう！ってことでスタッフ一同が立ち上がったっていう内容なのね。おまけに、彼は仕事がしっかりできない状態だから、彼女から少し距離をおかれていて、もうあとにはひけない状態…。さて、彼はいったいどうなったのか？

スタッフ一同、アメリカに飛んだ！　有名な医師がいるということで、なんとカウンセリングを受けるのだけど、治る確率は九十％以上。つまり、この医師はかな～り、すごい人らしい…。

まずは、三D（スリーディー）によるバーチャル体験。ここで、いろんな機械を取り付けて、どこまで高い所へ行けるのか挑戦してみる。二つ目の訓練は、大きな橋を渡るんだけど、目的地点までなんとかたどり着いて、「バンザーイ」ってするの。最後は、シルベスタ・スタローンのように、「クリフハンガー」体験をする。余計に怖くなるんじゃないの?って高さだったけど…なんとかクリア!

ただ、なぜ彼がここまでがんばれたか…というのにはカウンセリングに理由があった。つまり彼を突き動かした言葉があった。

「死はコントロールできる。あなたが死にたくないと思えば死なない。使命があるから死ねないと思ったら、死なないのだ。死はコントロールできるのだ」

という医師の言葉。彼の中に一体、どんなトラウマがあったのかは、知らない。しかし、この一言に出会えなければ、彼は今もって「高所恐怖症」と闘っており、仕事もままならず転職を余儀なくされていただろう。

何か、人を動かす言葉ってやはりあるのかもしれない。そして、その一言に出会い、人は変わることができるのだ。もちろん、彼は変わろう!と決意したからこそ、変われたんだけどね。

人間は、神様から言葉という素敵な贈り物をもらったんだ。そして、

死はコントロールできる

「死はコントロールできる」

ということ…私は、自分に小さいながらも使命があると思っている。しかしまだそれをやり終えていない。だから、きっと殴られたって、踏みつけにされたって、しつこく生きているだろう。

病人

今、志賀高原のホテルに一人でいる。連れ合いは当然のごとくに、スキーをしにそそくさと出て行った。私はスネて一人寂しく部屋にいるわけでも、ケンカしたわけでも、ケガをおったのでもない。スキーはしないが温泉があるなら、おいしいご飯が食べられるなら着いて行く！とわがままこいて一緒にやってきたのだ。

スキーに行く人間は夕方まで適当に滑ってホテルに帰ってくる。しかし、スキーをしない人間にとってホテルに居座り続けるのは至難の業だ。連泊ならいいが、初日なら当然チェックインの時間がある。通常では三時なのだ。しかし今は午前十時である。なぜ、私が部屋に潜り込めたのか。

ここでやはり例の強力な友人ナオミが登場する。彼女はスキー命で、なんとワンシーズンに七十万も使ったことがあるツワモノである。今回は、彼女がインターネットでこのホテルを予約してくれたのだ。

「温泉はありますか？　露天風呂はあるのでしょうか？」

とメールでちゃっかり質問をしていたらしい。そしてその日に返事が即返ってきて露天風呂もございますとのこと。彼女ははりきって言った。

「てなわけで、すごく対応がよかったし、ここに決めたから！　晩御飯も三種類の中から選べるの。ちゃんこ鍋にしたわよ！」

と美味しいものに目がない私を安心させてくれる。

「すみません。予約していた者ですが、一人病人がいるので少し部屋に早く入らせてもらいたいのですが…」

ナオミはフロントで告げた。私も物陰に隠れ、病人って私のことよね？　どうしよう？なんて思いながらこっそりその様子を見ていたのだ。すると、フロントに立っている細くて顔色の悪いおじさんは一瞬身体が硬直し、その後露骨に困った顔をした。

「あら、やっぱりダメなのかしら…」

私の不安はつのった。しかし、その後とんでもないことが起こったのだ。

「うちではそのようなメニューはございません！」

と言う声が聞こえてきたのだ。

「ちゃ、ちゃんこ鍋がない？」

私は焦った。病人のふりもよいが、楽しみにしていた料理がナイというのだ。詐欺だ！と思っていたら、ナオミの甲高いすっとんきょうな声がした。

「え〜、すみませ〜ん！」

そう、ナオミはホテルを間違えていたのだ。彼女は丁重に謝ると、私たちの本来の宿泊地であるホテルをそこで確認させてもらった。もう少し先にあるということだった。彼女はロビーを出るや否やこちらを向いて、

「でもさ、けーちゃん、ようこそおまちしておりました！ってちゃんと私の名前も復唱したのよ。こっちだってあってると思うじゃない！」

と少々お怒りモードであった。その通りである。

そんなこんなで、すぐ先にある目的地についた。今度は念のため荷物を下ろす前にフロントで確認をした。病人役の私は部屋に入れるかどうか、そればかりが心配であった。三時まで一人でいるのは平気だが、開閉するドア横のロビーに五時間余りいなければならないとなると、まさに本当に病人になってしまうのではないか？とさえ思えた。

夫とナオミ、そして夫の友人はスキーウェアに着替えなければならないので、地下にある控え室に行くことになった。私も当然付いて行く。

「なんとか、早めにチェックインできそうよ。さっきのホテルと違って病人がいるんです。なんとか早めに部屋に入れてやってほしい！って言ったら、大丈夫ですかぁ?ってすごく心配してくれてさ。やっぱりここはいいわ。さっきはおかしいと思ったのよね」

と彼女の言葉には予約したときのような自信が戻っていた。十時がチェックアウトなので、十一時半から十二時には入れるからそれまでは、控え室かロビーで待っておいてと言われた。もう、万万歳である。上出来である。

しかし、彼女のことだ。病人が病人がと連呼したことだろう。なかなかの役者振りを演じたはずだ。私も負けてはいられない。といっても、まんざらこれもウソではないのである。前日から扁桃腺をこじらせ熱があり、ひどい声の私だったのだ。この声で話をすればと〜ってもしんどい病人に見えるのは間違いない。しかも、大阪から長野県までの車での六時間は相当キツイものがある。寝たような寝ていないような、もう寝ぼけ顔もいいところである。車の暖房はお肌に悪い。賢い私は化粧を、とうの昔に落としてスッピンであったし、どこからどう見ても顔色が悪く、声のかれている病人であった。

いける、これならいけるわ！

「髪の毛の短い方のお姉さんに、コムラケイコです、って言えば分かるようにしておいたから、どこで休んでいるのかだけ伝えておいて。部屋の用意ができたら呼びに来てくれるから」

とナオミは言った。私は機嫌よくみんなを見送った。そして地下の控え室で待とうか、それとも吹きさらしのロビーにしようか迷った。けれど地下の方が暖かいし、こちらで待つことにしようと決めた。そして報告しなくちゃとフロントへかけあがって行った。

ロビーにいる短い髪の毛のお姉さんを探した。すると、奥から出てきた彼女がそうだった。

「あの、コムラケイコと申しますが…あの〜」

「あ、ご病人の方ですね？」

「ゴホッ、は、はい、私なんです」

なんだか、とってつけたような咳なんかしてみたり…。

「大丈夫でございますか？　部屋のご用意ができておりますのでごゆっくりお休みください。氷などもございますので、ご遠慮なくおっしゃってくださいね」

と言うのだ。もう彼女が女神様に見える瞬間であった。そして、カギを受け取ると予想に反してなんと十時前にチェックインできてしまったというわけだ。

なんだか少し悪い気もしたが、私としては部屋で一人することもあり、本やノートパソコンなどたくさんマイ道具があったわけで…それらを使いこなしてあげないと、大阪から連れてきたマイ道具たちに申し訳が立たないのだ。

それにしても、だんだんと鼻がとおってくるのがわかる。長野は大阪よりも格段に寒いはずなのに、なんだかスーッと鼻がとおってきているような気がする。新鮮な空気に、目が痛くなるような白い銀世界。ほんとに目が痛くなるのよ。パソコンの真っ白な画面に頭を焦がすより、真っ白な雪に向かって胸を焦がしたいものだ。

はい

「はい」って元気よく返事ができている？　聞こえなかったからっていって「えっ？」とか「はぁ？」とか言ったりしてない？　「はい」とは「拝」からきたものだって。「拝」には、相手を敬う、感謝する、相手をたてるという意味があるらしい。つまり、相手を無視しない、相手を思いやる気持ちを伝えるものだって言えるんだよね。ということは、相手が誰であれ「はい！」と元気よく返事ができないようでは、残念ながら相手を無視した態度にでてしまっているといえるわけよ。

私の尊敬する某氏はそういうことにたいへん厳しい。

「はい！と返事を必ずしなさい！」

とよく言われます。きっとこの意味がわからなければ「なによ、説教くさいオヤジなんて嫌いよ。うるさいヤツ！」と思われるのが相場よね。

でも、自分が逆の立場になったら、やっぱりいやだよねぇ。生返事されたりしたら、

「ちょっとぉ、ちゃんと聞いてるの？」

って言いたくなる。そのときに、「私を無視しないでよ！」という心理が働いている。それは一にも二にも、きっちりと、

「はい！（あなたを無視していませんよ）」

が言えるかどうかにかかっている…。相手を思いやる気持ちがこのたった二文字にこめられているなんて、なんてロマンティックなのかしら。

「はい」ってなんて素敵な言葉なんだろう！　大好きな人に、家族に、友達に、気持ちを込めて「はい！」って言ってみてね。これはほんとに「オススメ」よ。今月の一押し商品よ。これが言えた暁には、あなたの中できっと何かが変わっているはず。ね、今すぐはじめてみてね！

はい

ふみつけ

いつも通りに、大好きな本屋さんに立ち寄って帰る。するとビジネス書コーナーに一人のおじさんがいた。立ち読みをして真剣に読んでいるご様子。でもふと見ると、ビジネス書の新刊が平積みしてあるところに、ドカッと自分の大きなカバンをおいてるではありませんか！　きれいなカバン、汚いカバンにかかわらず、やはりこれは明らかにマナー違反である。この人は三つの失礼なことをしている。

まず、本に対して失礼。そして本の著者に対して失礼。一朝一夕に本はできあがらない。きっと読者に伝えたい、熱い想いが本にはつまっているはず。最後に、まわりのお客様に失礼だ。その本が気になるなぁ～と思っても、おじさんのカバンがドカッとあたりを占領しているわけだから、よほど厚かましくいかない限り、あきらめちゃう。並の人間はあきらめる。予想通り、そのあたりには誰も寄りつかなくなっていた。しかし、哀れなおじさんは気づいていない。

私はふとひらめいた。きっとこの人はほんとは本が好きじゃないんだろうなぁーと。何も本が好きな人はきれいに読むとか、表紙を汚さないとかそういうことを言っているのではなく、思い入れの浅さが見えたと言いたかったわけ。

大切な人や大事なモノを、このおじさんのように、自分の持ち物や足で踏みつけにしているようなことはないか?と自分を振り返りながら電車に乗りこんだ。

ターザン

私は、最近ディズニー映画の良さを知ったの。はじめは、「アニメなんてしょせん、子供の…」なんて思っていたんだけどね。これは大きな間違いだと気付いた。『ターザン』には一つのテーマがあった。ターザンの心の葛藤。アイデンティティの模索。自分は人間なのか、それとも猿人なのか。

ここで、私は現代人と共通するものを感じ取らざるを得なかった。私は物体としては存在するけれど、どこに居場所があってどこに所属しているのか。そして、私は何者なのか。どこから来たのか。どこへ行こうとしているのか。「自分探し」というテーマの本を見つければそれだけで気になってしまう私たち。「深層心理テスト」といえば、なんだか私を見透かされているみたいでコワイ。でも、見透かされてみたいというアンビバレンス。そんな私たちの心の旅に似ている。

私たちは、本当は自分で自分自身のことをいちばんよく知っている。ただ、それを叫ぶと何かしらのリスクが返ってくるような気がする。その先にある何かを感じとってしまうのかもしれない。ただ、これだけはいえる。「自分探し」は永遠に終わらない。探しつづけて何が見つかるのか？　自分を確認するのは、もうこの辺でいいのかもしれない。いい加減に、私たちは「自分探し」から「自分作り」に脱皮していかなければならない。

そう、ターザンが自分の運命をうけとめ、自分のなすべきことを見つけたように…。

「いつ死んでもいいように、これからは好きなことするから！」

張り切って宣言する得意げな私。側にいる身内は冷たい。あんたくらい好き勝手に生きているヤツはいないわよ！という冷たい視線が容赦なく私に突き刺さっていた。

どこへ行っても

ひさびさに、身近な人に驚かされた。母の話で恐縮ですが…とてもこの人には、かなわないなと思い知らされたことがたくさんあった。

たまたま、二〜三日彼女と行動をともにすることがあった。ある化粧品コーナーに行ったときのことである。

「あっ、今日はエミちゃんがいるわぁ〜。エミちゃ〜ん！」

とかいってなれなれしくもまあ、駆け寄るうちの母上であった。恥ずかしさのあまりに下を向いていたら、

「あら、お嬢さま？　お母様とよく似てるわぁ。色が白いのねぇ」

なんて言われて…、

「は、はぁ…」

声にならぬ声を出し、少し照れてた私。小心者の私は、帰り際、

「いつも、母がやかましいことで、ほんとごめんなさいね」

とよくできた娘を演出すると、

「とんでもないです！　とてもいつも楽しいし、なんだかお客さんというより、販売もしてくれたりしていますから。ふふふ」

と切り返されてしまった。まあ、母なら十分ありえる話である。にわか販売員の母の姿が浮かんでくるようであった。

ふと見るとかわいいバギーに赤ちゃんをのせて、若いお母さんと四歳くらいの女の子がお店に入ってきた。プレゼント用になにやらマニキュアを探していた様子。

さっそくにわか販売員の母がしたことは…まず自分の爪に塗って、

「これは紫！　これはピンク！　うーん、ピンクは私には似合わないわ。ははは～」

とやっている。若いお母さんは、うちの母の爪を見て、

「若い子なので、ピンクにしようかしら？」

といってお買い上げである。ここまでならまだ許せる。しかし母は、四歳の女の子まで取りこんでしまったのである。

「マニキュア塗ってあげよっか？」

と言うか言わないうちに、塗っていた。

〝勝手にやばいよぉ〟とハラハラしていたのは、小心者の私だけで、みんな喜んでいた。かわいかったのは、母の、

「フーフーしときなさいね！」

という言葉を忠実に守った女の子。帰り際までずーっと「フーフー」していた。たぶん、ちっちゃな爪なのですぐ乾いてると思うんだけどね。ま、そこはお愛嬌。

帰りによった明石焼き屋さんで、

「あら、おばちゃん、元気にがんばってるね。家遠いのに。でもおばちゃんの焼く明石焼きが一番おいしいから、絶対やめないでよ！」

と一言…。この人は、どこでも誰でも知り合いなのか？と思えるほどであった。

そう言えば、前にもゴルフの練習に付き合ったとき、

「お母様が来られると、なんだかパッと華が咲いたように明るくなるんですよ！」

と管理人のおじさんが言ってたっけ。

母は、特異な才能をもった人だ。まだまだ見習わなければならないところがたくさんあるようだ。

魔法の言葉

世の中には、なんと、しなければならないことが多いのだろう…。

「仕事をしなければならない」

「学校に行かなければならない」

「ご飯を作らなきゃならない」

「勉強しなければならない」

「子供を育てなければならない」

などなど…。「〜しなければならない」って、大変だ！

ここで、みなさん、もしよければ思いつくままに十個ほどあなたのノートに「私は〜しなければならない」という文章をつくって書きとめてみてください。

さてさて、十個書けましたか？　では、実際に解説していきましょう。その十個書いたものを、自分の声で読み上げて言ってね。

さあ、あなたの気持ちはどんな感じ？

しんどい？

つらい？

どうにもならないかんじ？

ここで、魔法の言葉をかけてみましょう！

その言葉は…、

「私は～することを選びます」

というもの。さきほど作った十個の文章を、語尾を「～することを選びます」に変えて読んでみて！

私の例を少し紹介するね。

「私は勉強し続けなければならない」↓「私は勉強し続けることを選びます」

「私は運動しなければならない」↓「私は運動することを選びます」

「私はご飯を作らなければならない」↓「私はご飯をつくることを選びます」

どうかしら？

さっきと少し気持ちが変わった？

楽になった？　何を感じた？

その気持ちをしっかりとつかんでおいてね。

ほんとにそれはしなければならないことなのか？　もしかしたら自分の思いこみであるかもしれませんよね!?　自己暗示にかかっているのかもしれません。そんなに自分で自分を苦しめないでほしいなって思います。

「選ぶ」という言葉になぜ、魔法がかかっているのかというと、「自由さ」がでてくるの。選ぶわけだから、当然、責任もでてくる。自分がチョイスしたわけだから。つまり、自分が選び、行動を起こす。そのなかで初めて自己の責任というものが出現してくるのよね。だから、自由さを欠いた「～なければならない」からは、苦しいものしか生まれません。出来なかった時に、言い訳しか生まれません。

イヤなら、それを選ばなきゃいいんだよ。でも、選んだからには、自己責任を意識してがんばらなくちゃ！　誰の人生でもない。自分の人生だもんね！

続・魔法の言葉

引き続き、魔法の言葉について少しだけ…。前章は「～しなければならない」という言葉が、どれだけ私たちを苦しめているのか、ということをお伝えしました。

きっと、そのままでいくと、

「～しなくちゃいけない…でも、できない！」「できない～っ！」

だって「時間がない！」「お金がない！」「チャンスがない！」なんてことを言ってる自分がいるかもしれない。

世の中には「～しなければならない」ことと、セットのように「でも、できない…」という言葉があるのかもしれない。

では、また前章のように「～できない」というあなたのできないことについて十個ほど箇条書きにしてみてください。

さて、書きあがりましたか？　それを読み上げてください。どんな気持ち？　つらい？自分の無力さを感じてしまう？　それとも、できないことなんて、ナイ？

では、魔法の言葉をここでかけましょう！

「～できない」これを「私は～しない！」という言葉にしたら…、

「結婚できない」→「私は結婚しない」

「お酒をやめることができない」→「私はお酒をやめない」

「タバコをやめられない」→「私はタバコをやめない」

「彼（彼女）ができない」→「私は彼（彼女）をつくらない」

「時間がないから、これはできない」→「私は時間がないからこれはしない」

これは、ぜんぜん違うんだよ。あきらかに違う。「彼女ができない」っていうのと、「彼女を作らない」というのは違うの。言葉のあやじゃない？　なんて言わないでね。

「私は～しない」この言葉には、注意点があるの。

「～しない」とは、つまりそのしない事に対して、当然あなたの意志が含まれている。でも、「できない！」はどこか他のものに責任をなすりつけていないかな？　そこでほんとに考えてほしいの。それは、「不可能なことなのか？」それとも「拒否していることなのか？」ということを…。

みんな「～できない！」という言葉にすりかえているけれど、ほんとにそれはあなたにとって天地がひっくりかえっても不可能なことなのかな？

実は、心の底で拒否をしていたりするのかもしれないね。弱い私たちは、それに目を向けたくない。傷つきたくない…だから、「できない！」という言い訳の言葉を用意しているのかもしれない。

ほんとはみんな、すばらしい可能性をもって生まれてきたんだよ！　だから「できない！」なんて言わないでね。不可能なのか、拒否なのかよく考えてみよう！

最後にひとこと。悩んでいるあなたもかわいい。でもやっぱり笑顔の君がいちばん私はスキ！　しあわせって、うつるんだよ！　いっぱい幸せを私にうつしてね！

しないのかできないのか

小さい頃は、シュバイツァーのようなお医者さんになりたい！って思っていた。でも、だんだん大人になるに従って、知恵をつけ、常識が備わってくると、自分の能力に気づきはじめる…そして、小さかったあの頃のように大きな声で「パイロットになりたい！」「お花屋さんになりたい」なんて言うのが恥ずかしくなってくる。というより、無邪気な夢を語るのはカッコワルイような感じさえする。

でもね、誰がなれないって決めたんだろ？　誰がやめろって言ったんだろ？　誰かに夢を語って、笑われたの？　もしかしたら、そんなこともあるかもしれないね。誰だって、自分が傷つくのは見たくない。自分がかわいい。だから自分を守ろうとする。傷ついて悲しんでいる姿を見られたくない。そしてそんな自分を感じたくない…。

ただ、それは本当にできないことなのかな？　できなかったら傷つくから、最初から、

「できない！」

「そんなの絶対ムリ！」

なんて言ってないかな？　ムリだとか、できないって決めるのは、他の誰でもない。自分なんだよね。だから、自分が何をするにしても考えてほしいの。

「それは、しないことなのか？　それともできないことなのか？」

出来ないことと、しないことを一緒にしては、「しないこと」に対して失礼だよ。「しないこと」には、自分の意志が働いているでしょ？　しないって自分が決めたんだ。

出来るけど、今はしないってことかもしれない…でも、「できない」は、能力のディスカウントだよ。自分の能力をお安く見積もっているんだよね。「できない！　できない！」を連発している間に、ほんとに出来なくなっちゃうよ。本当のあなたの素晴らしさに気づいてくれたら、私はすごくうれしいです。自分の可能性を広げるのも、自分。そして、自分の可能性を狭めてしまうのも、自分。どうせなら…ね？

知力と腕力

幸せな瞬間が、たくさんある。私は、巨大書店に行き、専門書をしこたま買いこんだ。なんたる幸せ！　なんたる喜び！である。巨大書店には、図書館並みのコーナー組みがあり、私のよく利用するそこには、ご丁寧にテーブルとイスが用意されている休憩室まである。当然、そこではまだ買っていない本を読んでもオッケーなのである。

手にはかかえきれないほどの本。これをレジまでもって行く時の喜びといったらない。

「お買い上げありがとうございます。一万八千七百十八円になります」

う～ん、値段も半端じゃなかった！　しかし、そんなことは言ってられないのである。その時、その一瞬が、その本たちとの「出会い」であり、「次にしよっかなぁ～」なんてセコイことを考えていては、次に彼らとは出会えないのである。店員さんは、とても丁寧だった。頼んでもいないのに、袋を二重にしてくれた。これで、底が抜けてしまうという不安からは、解放された。

しかし、実際持ってみると、かなり重たい！　本はハードカバーばかりだったので、なおさらである。

物好きな私は、帰ってからその愛しい本たちの「体重」を量ってあげることにした。彼らの体重はしめて、「五キロ」であった。帰ってきた夫に話すと、「ほんと、コイツはどこかおかしいんじゃないか?」という哀れな目線をくださった。

しかし、つくづく思ったのである。知力を鍛えるためには、体力も必要なのだと……これに凝りずに、私はどんどん腕力に磨きをかけていくのだろう。

節分

予想通りに、電話が鳴った。そしてわが同居人の夫は、予想通りの展開で話をするから面白い。

「お、元気？　何してる？　そうや、今日は『節分』やで！　しっかり豆まきやっといてや。頼むで！」

「うん、わかんない。気が向いたらするけど……」

「あかんで！　ちゃんとしといてや！　全部の窓から、『鬼は～外、福は～内』やで、いいな！」

わざわざ出張先から、それも昼間にかけてくる電話がコレである。早々にそれだけ告げると、電話を切ってしまった。ただの「節分コール」じゃないか！　信心深い男なのである、どこまでも……。

すべての窓といったって、この密接した都会ではりきって豆をまいたらどうなるか？　間違いなく、隣の敷地に豆をぶちまけることになる。

ふと、去年の節分のときを思い出した。そういえば、去年も私はひとりで留守番をしていたのだ。寂しくひとりっきりで豆をまいたのだ。ちゃんと「巻ずしの丸かぶり」もやった。

そもそも「節分」とは、季節の変わる節の前日をいう。だから「立夏」「立秋」「立冬」も季節の節であり、本来はそれらの前日もみんな「節分」なのだ。現在は一般的に、「立春」の前日が節分ということになっている。春の陽気に変わる日に邪気を祓うために、豆をまくのだ。そして「巻ずしの丸かぶり」も、節分の豆まきとセットである。ミレニアムの恵方は、「西南西」である。

自慢じゃないが、私はとっても「方向オンチ」だ。商店街を歩いていて、店に入る。店内で買物を終え、外に出ると、先を急ぐにもかかわらず、もと来た道を平気で進んで、

「さっきとよく似た店があるわ！」

なんて思える幸せな方向オンチなのだ。当然、これには「歩く方位磁石」である、夫は怒り狂う。

「なんでそっちやねん！　こっちの方向に行かな駅にいかれへんやろ。方角考えろ」

こっちは「知ったこっちゃねぇ」である。東西南北なんて、クソクラエである。

であるからして、「巻きずしの丸かぶり」には、大賛成であるが、私はいつも方角に苦しめられる。

しかし、私が唯一、自宅にいて方向がわかる部屋がある。それはずばり「寝室」である。東枕で寝ているので、枕元に向かってちょこんと座れば、右側が「南」、左側が「北」、後方が「西」なのである！

これを発見したときは、正直言ってわたしってスゴイわ！と感心した。だから、今でもひとりで巻きずしの丸かぶりをするときは、寝室に行かなければならない。ミレニアムの恵方、「西南西」に向かって、巻きずしにパクつく。食いしん坊の私は、「巻きずし丸かぶり」だけは、どうしても譲れないのである。

わがままな犬

先日『たけしの万物創世記』を見ていたときのこと。恥ずかしながら私は初めて「聴導犬」というものがいると知った。読んで字のごとく、耳の不自由な人を助ける犬のことである。彼らは吠えない。なぜなら吠えても飼い主には聞こえないのだ。だから、朝の目覚まし時計が鳴れば、布団の上に乗り飼い主に知らせる。それも両手でこするように…決して噛まないように躾られている。

また驚いたことに、どこで「音」がするのか場所まで知らせるのだという。確かに、耳の不自由な人にとっては、玄関の呼び鈴も、湯沸し器のピィ～という音さえも聞こえない。外出時には、クラクションを鳴らされたら、これまた飼い主にきっちりと知らせるのだ。なんたる賢さ。どこで音がしたかを知らせることができてはじめて意味があるのだという。例えば飼い主は聴導犬に玄関まで案内され、そこではじめてお客さんが来たのだと気づくことになるのだ。聴導犬は決して吠えることなく、やさしく教えてくれるというのだ。

そして彼らがそれを上手にできたら飼い主はほめてやる。すると、うれしくてまたやろうとする心理なのだ。当然、室内にはあまり大きな犬は向かない。だから聴導犬には、「シェットランドシープドッグ」が向いているらしい。

しかし、そんな彼らが人間の役に立つだけで、ストレスを感じているのなら申し訳ないと思うなかれ。彼らの仕事は、じつは遊びの延長線上にあるというのだ。訓練士の方は、

「まず遊びから教えるんです」

と言った。警察犬で麻薬や大麻などを研ぎ澄まされた嗅覚で見つけ出すのも、実は「遊び」の延長線上にあるというのだ。なんたること！　それってどんな遊び？

警察犬では、みなさんご存じの「シェパード」である。彼らは訓練中に、タオルをくわえて遊ぶのだ。そしてそれに少しずつ麻薬の匂いをしみこませ、その問題の匂いを覚えていく。しかし、その深層は「タオルみ～つけた！　タオルを出してよ～遊びたいんだよ～」というものだ。空港などでそれに見合ったカバンを発見して、ガサガサやっている内情とはそういったことだったのだ。しかし、な～んだ。と軽く片付けては、犬たちには申し訳ないのだ。彼らは鼻の粘膜が人間の十四倍もあるというのだ。まさに、恐るべき嗅覚である。袋に詰めようが、密閉容器に入れられていようがたちどころに発見してしまう、その嗅覚たるや神の授けたすばらしきワザとしか言いようがない。

笑えたのは、一般家庭で飼われている犬がわがままなので困っているという家族だった。彼らの犬は、まあとにかくキャンキャン吠え騒がしいことこの上ない。また散歩の途中で見かけた犬には、これでもかというくらい吠えまくるから騒がしいこと騒がしいこと。

しかし、訓練所に預けてこの犬はどうなったかというと…。

まず、「リーダーウォーク」というものを行った。これは飼い主が先に歩き、誰が一番偉いのかをわからせる訓練だそうだ。いつもと勝手が違うので、とにかくよく吠えた。何しろそのワンちゃんは最後尾である。訓練士に付き添われ、飼い主の後を追うのだから、どうにもこうにも、ご機嫌ナナメである。

次は苦手なことをさせる。すべり台に登らせるのだ。きちんと登りきったらエサがもらえる。しかし、ここでもポイントはちゃんとあって、「お前にも弱点はあるんだよ！」ということを知らしめるのだ。まあ、かわいそう！というなかれ…。

次は、「ホールドスチール」といって、背後から犬を抱くのである。犬が背後から抱かれるのは本来イヤなのだと初めて知った私…そしてここでは飼い主を信頼するというメッセージが込められているのだという。

果たして…このわがままワンちゃんの行方はいかに…？

一カ月して訓練所に飼い主が迎えにいった。すると、いつものお散歩で、あの当たり前のように吠えあっていた犬にピクリともしない。あんなに吠えていたのに。ちょっと驚きであった。颯爽と散歩するその姿は、実に艶やかであり優雅でさえあった。

ここで、ふと犬にとってストレスになるんじゃないの？　と思う方もいるのではないか。ところがどっこい、実は「服従本能」というものが満たされ、彼らにとってはストレスがたまるどころか、むしろ全く逆なのであった。本来この服従本能が発達している犬は、立場をわきまえると、たちどころに賢さを発揮してストレスよりもむしろ喜びになるのである。

わがままワンちゃんが、がんがん吠えていた頃は、「権勢本能」でいたことになる。つまり自分の能力を誇示し、わがまま放題、キャンキャン吠え放題という状態。じつは、これがむしろ逆にストレスがかかっている状態なのだ。だからさきほどのわがままワンちゃんは、本来の姿を取り戻したというべきなのだろうか。いずれにせよ、完全変身を遂げたのだ！

しかし、一カ月やそこらであんなに変わるものなのだろうか？　訓練がいきとどいているのか、本来の姿を取り戻したらイキイキするというのか…人間にもそのような訓練所があったらすごいと思うんだけど。だって、世の中、ワンワンキャンキャンほえている人って結構いるじゃない？　わがままな犬には相当なストレスがかかっているっていうんだもの。人間だったらどんなに大きなストレスがかかっているか、まったく計り知れないわ。

人間には支配本能がある人もいるだろうから、一概に犬と一緒にはできない。けれど、それに甘えてあまりにも騒がしいとあなたの飼い主にどこかの「訓練所」に連れて行かれかねない。あのわがままワンちゃんのように、お迎えに来てくれればいいが、迎えが来なければもう悲惨である。

大切な人たちを「牽制」しておくためにも「権勢」はほどほどにしたほうがいいのかもしれない。私も気をつけよおっと！

別人格

病院に向かって車を走らせていた。

「病院へ行ってください。急いでるの！」

となると、

「どうしました？」

と話が進んでいく。例にもれずタクシーの運転手さんは様子をうかがってくる。

「祖母の具合が少し悪くて…倒れたんです」

と告げる。すると、元気付けるかのように、

「うちの、バアさんも昔倒れてねぇ。脳の線がキレちゃって」

と話をしてくれる。

ひげをたくわえて、白髪まじりの少しダンディな運転手さんだった。少し、ヘアスプレーの匂いがキツかったが…二人の会話は病人の話をしているのだ。しかし流れてくるのは、なんともアコースティックな音楽である。そのアンバランスさときたら、まったく言い表せ

ない。ときにそのアコースティックが悲しげなセレナーデのようにも聞こえるから不思議だ。

話によると、運転手さんのお母さんは一命をとりとめたが、リハビリ後に性格が変わってしまったというのだ。

「なんだか、かわいいオバアちゃんになりましたよ」

以前は、自分の感情を抑えこむ人で、決して陽気な方ではなかったというのだ。しかし、これは実際起こりうることなのである。

一八四八年、ボストンに住む男性が事故で脳の前頭葉を損傷した。それまでの彼の明るく人望に厚い性格は、事故後一転。強情で人の言うことを聞かない、すぐカッとなり、気が変わりやすい性格になったというのだ。

これは、脳のソフトウェアである「前頭葉」というものがやられたことが原因である。前頭葉は、パソコンでいえばソフトの開発やプログラミングを行う場所だ。「考える」「計画をたてる」「判断する」「新しいものをつくりだす」「やる気を起こす」などは、すべてこれの為せる業である。なにより恐ろしいのは、ここに損傷をうけると、人格が大きく変化してしまうという点だ。

このオバアちゃんの場合は、性格が明るくなったのだから良しであるが、まったく脳による影響は、とても計り知れない。

もし、私がそんなことになったら、つまり人格が変化してしまったら…、一体、どんな私になってしまうのだろう?

「けーちゃん、すごくかわいくなったよね」

なんて言われたら、今までの人格はそうではなかったことの証明になるのかしらね?

こわいっ!

後光

急にカバンが欲しくなった。私はカバンが大好きである。昔、よく母に言われたものだ。

「カバン屋さんでもするつもり！　いい加減にしなさい！」

今思い出せば、学生の頃のかわいい思い出である。今はちゃんと主婦になり、人並みに金銭感覚を持ち合わせるようになったので、カバン屋さんはとっくに過去の話。

ただ、どんなカバンでもいいというわけにはいかない。私は断然、機能性重視派なのである。なにしろ、いつも、

「ねえ、けーちゃんさぁ、カバンに何が入ってるの？」

と聞かれるくらい重たいのだ。何といわれても、普通に化粧ポーチやら手帳やら当たり前のものしか入っていない。でも、いつもなんだかとっても重たい。たまに小さいポーチのようなカバンで出かけようにも、すべてが入らない。結局、大きなカバンにバサッと移し替えて出かけることになる。だから、断然、機能性重視なのだ。というより、大きければ大きいほどよい。

友達との待ち合わせ時間まで、まだ少しある。そのときはオシャレな待ち合わせ場所だったので、なんとも素敵なショップがズラリと並んでいる。いつもなら立ち止まりもしない場所である。しかし、こんなときこそ！と、とあるブランドショップに足を踏み入れた。

さすがに一流は違うわ！　入り口にガードマンがいて、

「いらっしゃいませ」

と言っている。カチカチとカウンターで人数もさりげなくチェックしている。

しかし、やっぱり私はとっても小心者。そこらへんのカバンと違って、ショーウインドウの世界である。「それ、見せてください」と気やすく言えないのだ。すぐに買える値段でもないし、ましてや即決なんて。期待にこたえたい私には、かなり危険な場所である。

そんなとき、グレーのロングコートを羽織った三十代くらいのミセスがふと言った。

「すみません。あのカバン見せていただけますか？」

そうなの、そうなの！　私もそれが見たかったのよ！　あなた賢いわね！

相変わらず小心者の私は、他の商品を探している振りをしながら、店員さんの説明を必死に聞いていた。ミセスの半歩後ろにいたので、説明は小耳をたてる程度で簡単に聞けた。

そして一人でフンフンとうなずく始末。しかし、ミセスは鋭い質問をした。

「Ａ４サイズは入るのかしら？」

わぁ、なんたる偶然！　機能性重視派の私としては、それがなんてったって気になるところだった。「このミセスに、私の思いが通じてるわ」真剣にそう思った。

店員さんは違うカバンを取り出してきた。先ほどのでは、ぎりぎり入らない。チャックもないので、書類ならブサイクに飛び出した形になってしまう。ミセスは少し迷っていたが、結局最初のカバンをお買い上げになったご様子。「もう、この人の後ろについて説明は聞けないな。これ以上くっついていたら、スリと間違えられちゃうわ」そう思って、半歩うしろからさらに下がった。

自分で説明を聞けない私はどうしようかな？と迷っていた。次なるターゲットは…？と思うと、同じくらいの年代の女性を発見！　しかし、店員さんの態度がとても彼女に対して素っ気ない。その女性は、手に取りいろいろ思索中であった。店員さんは至って冷静で、これは買わないなと思うが早いか、そそくさとご丁寧にショーウインドウに直しにかかる。

私の見た感じでは、ほんとに少し時間をかければこの女性は買うだろうな！と直感していた。しかし、次の商品も手にとって見るが、やはりすぐ直す。挙句、「次はどれよ？　買わないならアレコレ言わないでよね！」という視線までなげかけている。

もちろん、買う側にしても真剣である。なにしろ値段が値段である。キャベツや大根ではないのだ。それがわかっているから私は、なかなか手にとれないのだ。だいたい、手にとった時点で、買いたくないものまで買いたくなるのが人間の心理というものだ。

だが、なんとも気付いたら不思議な感じがした。どの店員さんも愛想というものがまったくといっていいほどないのである。何も、八百屋さんや魚屋さんのように、

「え〜、らっしゃい！　安いよ〜」

なんて言う必要もない。なんせそのブランドのイメージというものがある。その店内のなんとも緊張した雰囲気も嫌いではない。しかし、どの店員さんも同じような無愛想振りには、感心してしまう。思わずマニュアルにでも、「ニコニコ愛想をふりまかない」とでも書かれているのではないか？と思うほどである。

それなりの意図があるのかもしれないが、少し店員さんは勘違いをしているのではないかと思わずにはいられない。つまりこういう図式である。

このブランドは高い↓誰にでもすぐ買えるものではない↓しかし私はここで働いている↓私はこの商品を毎日触ることができる↓私はすごい↓あなたたちとは違うのよ↓どうせ

買わないくせに！

なんだか、こんな私のひがみともとれる図式が完成するわけである。かなりひどい思いこみである。

しかし、これだけは言える。店内にいるときは、ブランドの後光をうけて、彼女たちはさも美しく輝いているかもしれない（ただし無愛想に）。

本当の勝負は店内を出てからである。後光をしょって外には出られないのだから…。

心の詩

あなたが
生まれてきたことに感謝します
そして
わたしが生まれてきたことにも…
そうじゃなきゃ
決してあなたと出会えなかった

あなたの存在

あなたが　今　そばにいなくても
どうして　こんなに近くに
あなたを　感じられるんだろう…
あなたの存在の大きさ？
あなたのやさしさ？
それとも…？
あなたの存在はとても大きなものね

きっと　これは神様からの贈り物
あなたが
生まれてきたことに感謝します
そして
わたしが生まれてきたことにも…
そうじゃなきゃ
決してあなたと出会えなかった

同じ星空

ねえ
あなたは　この星空を見上げているかしら？
冬のオリオン　カシオペア…
わたしはすごく好きなのよって言ったら
ボクもスキだよって言ってくれたね
それが　なんだか
とても　とてもうれしかった

この同じ星空を
あなたもどこかで見上げているんだ
そう思うと
自分の悩みのちっぽけさに気づいた

目を閉じると

そっと　目を閉じる
あなたには何が見える？
見えるものは
未来　現在　それとも過去？
私は未来をみたい
でも　それが見える人は
現在《いま》を生きている人だけだね　きっと…
現在も真剣に生きていないで
未来《あした》がみたいなんて欲張りだね

きっとそんな人には
ステキな未来をくれるはずがない
ステキな未来がほしいから
今を逃げないで
精一杯　生きるから
だから　お願い
そっと目を閉じると
笑顔の私がそこにいてほしい

だけどね

わかってるんだよ
本当はわたしのこと
大切に想ってくれてるって
でもさ、やっぱりわたしの心に
届いていなかったんだよ
ううん
きっと届いている　まちがいなく
届いてる…
だけどね
本当はわたしが欲しかったのは一言だけ

そう
よくやってるよ
負けるなよ
大好きだよ
いつでもそばにいるから
思いきりやってみなよ
そんな一言でよかったんだよ
それ以外の言葉はいらない
ほんとに　いらない…
わたしもさ　やっぱり大切な人に
心地いい言葉をもらいたいんだ
ほんとにそれだけなんだ

ダメかな？
ムリなお願いかな？
言葉は魔法なんだ
わたしにいっぱい魔法をかけてほしい
もっともっとステキな人になるために…
わたしも魔法の言葉をあげるから
わたしにも　魔法の言葉をください

君の声

わたしはどこから来て
いったいどこへ行くのだろう…
そう　たぶん
遠い宇宙からやってきて
この地球にたどりついた
さぁ、わたしのすることはいったい何？
何をしたらいい？
この地球にやってきた人たちは
みんな　何かをするために　やってきたんだ
宇宙人から地球人になったんだ

でも　きっとみんなほんとは知っているんだ
自分にしかできないことを
自分の可能性を　ほんとは知っている
ただ、カッコイイこと言って
ズッコケたくないし
笑われたくないし
かなわないとみじめだから
皆と同じでいいって遠慮しちゃってるんだ
ほんとは　そんなこと　思ってないくせに　ウソつき
心の声を聴くんだ　しっかりと…
語りかけてくるでしょ？
聴こえない？　修行が足りないな

でも、大丈夫
心の声を裏切らないで
きっとあなたにも聴こえるよ
ほら…
わたしには君の声が聴こえる

大丈夫だよ

いま　すごく不安なんだよね
わかってるよ　言わなくても　わかってる
でも、逃げちゃいけない
だれよりも　君には輝いていてほしいから
応援してるから
逃げちゃいけない
いつも　そばにいるから
きっとそばにいるから

安心して　大丈夫だよ
君は　できるよ　心配はいらない
ほんとは　ボク　心配していないんだよ
だって、君はボクが選んだ人なんだ
できるにきまってるんだ
ボクにできることは
君をぎゅーっとささえて
そっと　そっと押し出すことだけだから…

わかれ道

二本のわかれ道にやってきました
さて、あなたはどっちの道に進みますか?

どちらの道もキケンかもしれない…
もしかしたら、途中で一本の道に
つながっているのかもしれない
どちらの道も遠回りかもしれない…

でも、とにかく歩き始めてみることだ
どっちが正解なんてありえない

あなたが決めて
あなたが歩いた道が正解なんだよ
捨てた道は、あきらめた道ではない

いつか、きっとその道につながるはず
ただ、今はその時期ではないっていうこと
ただそれだけなの…

好きなものを忘れない

大好きな人の大好きな食べ物
大好きな時間
そして空間
あなたは忘れてない？
いつの間にか　気がついたら
キライな食べ物をつくっていたり
キライなことをしてしまったりしてない？
好きな人の好きなこと…
好きな人が幸せでいられる空間

そんなことをふと考えた
大好きな人にキライなものを気づかずに
差し出す自分がいたら
黄色信号
それはね、きっと感性が鈍ってきているの
人に興味をもって
いつもそこに愛がないと
芽はでないし
きっと　花も咲かない

ホッカイロ

いつも生意気言ってごめんなさい
私がここまでやってこれたのも
みんなみんな　あなたがいて
私を支えてくれたからだよね
すごくわかっている
いつも目に見えない
やさしさを感じていた

ただ　少し　はずかしくて
なんだか照れくさくて
言えなくて…
いつも気づくのは
ちょっとあなたに会えなくなったときなの
あなたは忘れた頃にあったかくなってくる
ホッカイロみたいな人だね

七十兆の奇跡

一組の夫婦から生まれる子供の種類って
遺伝子学的にいうと
七十兆分の一なんだって
なんだかすごいね
途方もない天文学的数字だ
君はそんな可能性をもって
生まれてきたんだ

そしてボクも…
そんなふたりのめぐり会いって
七十兆が何倍になるのかな
君に巡り会えた奇跡を大切に
このミレニアムを生きていこう

小さな変化

あなたのサインがかわってた
苗字ではなくて
名前だけになっていた
どうして　こんなにうれしいんだろう
それは　きっと
あなたとの距離が縮まったような
そんな気がしたから…

昔々に
好きな男の子に
「おまえさぁ〜」
なんて言われて　その乱暴な言葉にも
小さな　しあわせを感じていた
そんなちっちゃな記憶がよみがえる…
言葉と言葉にも距離ってあったんだね
だって
こんなにもあなたを近くに感じられる

同じドキドキ

いつも　ありがとう
さっそく教えてくれた
あなたのお知らせに
とても胸をおどらせているのよ
ひとりでドキドキするより

私と一緒にドキドキしたかったなんて…
そんなうれしいことを言われたら
どうしよう？
ほんとにドキドキしちゃう
メッセージなんか忘れちゃうくらいに…

道しるべ

あなたの進む方向は
「こっちですよ」
そんな道しるべがあったらどんなに楽だろう
今年はここでこれをしなさい
来年にはあれをして
そして再来年には…
でも　人生に道しるべなんてないんだよね
だからたまに先が見えなくなったり
途切れているような気さえする

自力で歩くということは
自分で決めるということだよね
自分を再発見しながら歩くということだよね
でも引き返したっていいんだ
ましてや少しくらいの遠回りなんて…
そしてなによりこれが正解です
なんていう道はないし
そんな道は面白くもなんともない
頭でわかっていても
心がいうことを聞かないときはどうする？
処方箋はたったひとつ

しのごの言ってないで
すぐにベッドに入って
次の朝を迎えることだ
明日の朝にはきっと
太陽のシャワーを浴びて
生まれ変わってる

輝いてるよ

最近の君はほんとにまぶしい
あんなにシャイで
人と目を合わせられなかったなんて
ほんとにウソのようだね
いつも笑顔であいさつをする君
しっかりと目をみて話をしてくれる君
きっと、みんなが君の成長を喜んでいるよ
すばらしい可能性をいっぱい秘めた君の
これからがほんとに楽しみだね

お願いだから

お願いだから
自分の命を簡単に投げ出さないでほしい
自分の命をどうしようと勝手だろなんて
全然格好よくないよ
それはね、はっきりいっておバカさん
あなたは独りで
勝手に生まれてきたんじゃない
あなたの背後には
どれだけ多くの人がいるのか

考えてみたらいい
あなたが勝手に独りだけで
存在していないことがよくわかるはず
せめて死ぬときは
「今から僕、死にますけどいいですか？」
と断りをいれるくらいの
仁義があってもいいんじゃない？
私なら何もいわずに
あなたを抱きしめるだろう……

どうしたの？

最近　元気ないね
どうしたの？
よかったら話してみて
そう言いたいおせっかいな私がいる

怒りたいときは　怒ればいい
悲しいときは　泣けばいい
眠たいときは　寝たらいい

人間にはいろんな感情があるから
ほんとに大変だよね
でもさ　やっぱり何回考えても
笑ってる君の顔が好きなんだ

ただ君のいろんな感情を
ぶつけてもらうのも
ぜんぜん悪くないよ
だって　まるごとの君が好きなんだから

疑い

君を疑ってしまった
ごめん
ほんとは　そんなつもりはなかった
疑うというのは
自分に自信がなくなったからなのか
それとも　ただ
心がせまくなっただけなのか
いずれにせよ　自己嫌悪になって
大切な人を傷つけることは　やめておこう

ボクのもとから　旅立つ君を
応援してやれない
そんな小さな自分を
大嫌いになる前に…
そう、ひとことだけいっておこう
元気に　あちこち　飛びまわっている
君が好きなんだ
君の翼を　ボクが奪う権利なんて
これっぽっちもないんだ

あなたの言葉

ありがとう
あなたの言葉にいつも励まされる
自分ではいくら強がっても
ほんとは　どこかで
誰かを頼っているのかもしれない
だって　こんなにも
あなたの言葉を期待している

そして　こんなにも
あなたの言葉がわたしを変える
きっと　あなたは魔法使い
そう
わたしにだけ魔法をかけられる
すてきな
すてきな魔法使い…

発見

そっか
ついに君は発見したんだね
自分自身を…
おめでとう！
よかったね！
でもね、ほんとは発見したんじゃなくて
君のなかに前から
ずーっとあったものなんだよ

でもね、もちろん黙っておくよ
君が　変わろうとしているからね
世の中の発見って
ほんとは案外簡単なことなのかもしれない
自分を掘り下げていくと
見えてくるものは無限にあるね

心のばんそうこう

2000年 8月 1日　　初版第 1 刷発行

著　者　　小村《こむら》　敬子《けいこ》
発行者　　瓜谷　綱延
発行所　　株式会社文芸社
〒112-0004　東京都文京区後楽2-23-12
電話　03-3814-1177（代表）
03-3814-2455（営業）
振替　00190-8-728265

印刷所　　株式会社平河工業社

ISBN4-8355-0539-5 C0095